AVALON

VANESSA MORGAN

© 2015 Vanessa Morgan

Tous droits réservés. Aucune partie de cette publication ne peut être reproduite ou transmise sous quelque forme que ce soit, de manière électronique ou physique, y compris la photocopie, l'enregistrement ou tout système de stockage et de récupération d'information, sans l'autorisation écrite du titulaire des droits d'auteur, sauf dans le cas de brèves citations figurant dans des articles et des revues critiques.

Traduction : Yann Mège

Couverture : Gilles Vranckx

Mise en page : Chriskepolis

NOTE DE L'AUTRICE

Chaque passage de ce livre est fidèle aux souvenirs que j'en ai. Parfois, le déroulé temporel a été condensé ou légèrement modifié pour faciliter la narration. Dans cette même optique, beaucoup d'éléments ne figurent pas dans le livre.

DE LA MÊME AUTRICE

Romans
Drowned Sorrow
The Strangers Outside
Clowders

Ouvrages
When Animals Attack: The 70 Best Horror Movies with Killer Animals
Strange Blood: 71 Essays on Offbeat and Underrated Vampire Movies
Evil Seeds: The Ultimate Movie Guide to Villainous Children

Scénarios
A Good Man
GPS with Benefits
Next to Her

Un remerciement particulier à

Gilles Vranckx, Anne Billson, Eric Valette, Vanessa Sutour

« Tout ce qui est terrible a besoin de notre amour. »
— Rainer Maria Rilke

« Lorsque nous ressentons une profonde affection pour un animal, nous ne possédons pas cet amour mais nous sommes possédés par lui. »
— Dean R. Koontz

LE PETIT NOUVEAU

J'ai rencontré Avalon le 16 mars 2001.

C'était bien après minuit. Alors que mon petit ami Stephan et moi traversions Bruxelles vers le sud pour rentrer chez nous, les rues étaient bondées ; la plupart des gens allaient et venaient, discutaient devant les bars. Les lumières étincelaient dans le ciel nocturne de mars. Le printemps montrait déjà le bout de son nez, et les températures étaient étonnamment douces, même la nuit.

Nous avions passé la soirée au Festival international du film fantastique de Bruxelles – l'un de mes endroits préférés. J'y animais des séances de questions-réponses depuis mes années de fac, et c'était là que j'avais rencontré Stephan quatre ans plus tôt.

Quand nous avons atteint notre fief, Auderghem, une commune en périphérie de la capitale, majoritairement peuplée de personnes âgées, les rues avaient totalement perdu leur animation. Il n'y avait plus âme qui vive. Nous descendions une rue perpendiculaire à la nôtre lorsqu'un grand chat blanc tacheté de roux a traversé la chaussée devant nous. Ses yeux verts perçants illuminaient sa remarquable physionomie.

- C'est le turc de Van dont je t'ai parlé, a dit Stephan.

Nous étions obsédés par cette race depuis des années.

Un jour, sur l'île grecque de Lesbos, Stephan avait adopté un chaton turc de Van ; depuis, même s'il avait confié l'animal à son ex-petite amie, il avait gardé un faible évident pour cette espèce – et son obsession m'avait contaminée.

Après avoir consulté d'innombrables photos sur Internet, nous nous étions juré d'adopter l'un de ces félins. A notre grande déception, il s'est avéré qu'il n'y avait aucun éleveur de turcs de Van en Belgique ; le chat de nos rêves semblait même bouder les expositions félines. Si bien que nous avions fini par adopter un matou blanc et roux, déniché dans un refuge, en feignant de croire que nous avions enfin trouvé l'introuvable. En fait, ce type de chat était si rare en Belgique qu'il n'y avait absolument aucune chance d'en croiser un dans la rue. Et pourtant... depuis quelques jours, Stephan m'assurait qu'il y en avait un en liberté dans notre voisinage.

Et maintenant, ce chat se tenait devant nous.

Dès que nous sommes sortis de la voiture, le félin s'est immobilisé et m'a dévisagée comme s'il me reconnaissait. Puis il s'est approché, comme pour nous saluer.

Je n'ai pas pu m'empêcher de m'agenouiller et de le caresser, en partie pour sympathiser avec lui, en partie pour voir s'il portait une forme ou une autre d'identification. J'étais curieuse de le connaître mieux.

- Il ne porte pas de collier, ai-je constaté.

- Je pense qu'il est perdu. Le supermarché où je l'ai vu l'autre jour est trop éloigné pour faire partie de son territoire.

En effet, le supermarché en question n'était pas à côté ; mais après tout, les chats peuvent parcourir de longues distances. J'avais lu un jour l'histoire d'un chat sauvage dont le territoire couvrait 5,4 kilomètres carrés.

J'ai passé en revue les différentes hypothèses. Un chat

comme lui n'était certainement pas errant. Ni perdu. Il était trop costaud, trop soigné, ses yeux étaient trop clairs et sa fourrure trop douce. Le plus probable était qu'il avait perdu son collier en chemin. Dans le pire des cas, c'était un chat d'intérieur qui s'était retrouvé dehors par accident et s'était égaré.

- Peut-être qu'il a l'estomac vide depuis des jours, a dit Stephan. Je vais lui chercher quelque chose à manger, au cas où.

Il est revenu quelques minutes plus tard avec une petite gamelle pleine de nourriture en boîte. Le chat l'a vidée en quelques secondes.

J'ai ramassé la gamelle, doucement ébouriffé le pelage du chat, après quoi nous nous sommes éloignés vers la maison.

Aussitôt, le félin nous a emboîté le pas.

Parvenus à notre porte, nous l'avons doucement repoussé ; ce qui ne l'a pas empêché d'entrer. Plus nous mettions d'énergie à le chasser, plus il en mettait à résister. Ce petit jeu a duré plusieurs minutes. Manifestement, le matou n'avait pas l'intention de rester dehors ; il voulait passer la nuit chez nous. Quant à savoir si nos deux chats et notre cochon d'Inde étaient d'accord, c'était une autre affaire. Non pas qu'ils avaient leur mot à dire – notre invité avait déjà décidé pour nous.

Nous l'avons installé dans notre bureau, qui n'était séparé de notre chambre que par une porte en verre coulissante, et avons mis à sa disposition une litière faite de carton et de journaux, un bol de nourriture et de l'eau fraîche.

Nos deux chats, Ballon et Tigris, ont immédiatement détecté l'intrus. Plantés devant la porte en verre, ils se sont mis à épier le nouveau venu tout en crachant de petits miaulements aux allures de questions : *Hé, qui c'est celui-là ?*

D'où il vient ?...

- Demain on jettera un œil aux annonces de chats perdus, ai-je dit. S'il est vraiment égaré, il y a des chances que quelqu'un le cherche.

Assise sur mon lit, j'ai jeté un dernier regard à l'étonnante créature avant d'éteindre la lumière.

DOCTEUR HENRI

Les chats sont connus pour être nerveux et méfiants quand ils découvrent un nouvel habitat ; beaucoup d'entre eux se cachent et refusent de manger. Avalon, au contraire, semblait parfaitement à l'aise. Nous ne l'avions pas entendu une seule fois pendant la nuit, et à présent il trônait dans notre bureau dans une posture tout à fait détendue, attendant sereinement son destin.

A priori, nos chemins étaient voués à se séparer rapidement. Avec deux chats et un cochon d'Inde, nous avions déjà l'air de collectionneurs d'animaux. Nous ne pouvions tout simplement pas ajouter un chat à notre petit zoo, quelle que soit la fascination qu'il exerçait sur nous. Pourtant, en l'observant à travers la porte en verre, assise sur le lit, j'avais l'étrange sentiment qu'il était bel et bien chez lui.

J'ai ouvert la porte, l'invitant ainsi à entrer dans la chambre. Tout de suite, il s'est mis à déambuler dans ma direction, offrant son soyeux pelage à mes caresses tout en ronronnant paisiblement.

Stephan est entré.

- On sympathise, à ce que je vois ?...

Assis l'un à côté de l'autre, nous avons constaté la tendresse et la fragilité raffinées du félin. Tel un objet vulnérable et hors de prix, sorti d'une boîte portant l'avertissement *Attention fragile*, il donnait une impression de délicatesse qui forçait le respect.

- Alors, ai-je demandé, qu'est-ce qu'on fait maintenant ?
- On pourrait le garder quelques jours, le temps d'identifier son propriétaire...
- Pas sûr que ce soit une bonne idée.
- Pourquoi ? Sa présence n'a pas l'air de déranger Ballon et Tigris.
- J'ai le sentiment qu'il m'appartient déjà – alors qu'il n'a passé qu'une nuit ici... J'ai peur de vouloir le garder s'il reste avec nous. On pourrait le confier au docteur Henri. Qu'en penses-tu ?...

Le docteur Henri était notre vétérinaire attitré. Quand, trois ans auparavant, une petite chatte tigrée âgée de quelques semaines s'était jetée dans les bras de Stephan à la sortie du supermarché, le docteur Henri avait accepté de la garder quelque temps. Au lieu de l'enfermer dans une cage, il l'avait laissée en liberté dans son salon, aux bons soins de ses enfants. Huit jours plus tard nous avions décidé de l'adopter – et de la baptiser Tigris.

Comme moi, Stephan a estimé que le docteur Henri était la meilleure option. C'est donc vers lui que nous nous sommes tournés. Il nous a volontiers offert l'aide dont nous avions besoin.

Les jours suivants, nous avons distribué des dizaines de *flyers* dans les boutiques, restaurants et supermarchés des environs, et contacté tous les refuges et cabinets vétérinaires de la région pour nous renseigner sur les chats déclarés perdus.

Après deux semaines, il est apparu que personne ne réclamait notre ami turc de Van. Le docteur Henri nous a fait

AVALON

savoir qu'il avait besoin de place pour accueillir de nouveaux pensionnaires.
- Votre chat est un sacré personnage, a-t-il dit en nous recevant le 30 mars.
- C'est-à-dire ?...
- Il demande de l'attention. *Beaucoup* d'attention.
Son épouse est entrée, le chat dans ses bras.
- Voilà notre petit démon, a commenté le docteur.
Mme Henri a eu un sourire mi-figue, mi-raisin. Quand elle a posé le chat sur la table d'examen, il s'est tout de suite dirigé vers moi.
- Il n'y a que deux possibilités, a repris le docteur. Soit vous le confiez à un refuge, soit vous l'adoptez.
La première option n'était même pas envisageable. Quatre ans plus tôt, lorsque nous avions adopté notre premier chat, Ballon, dans un refuge, nous avions signé les papiers au milieu d'une douzaine de poubelles pleines à ras-bord de chats euthanasiés. J'ignorais qu'il existait des refuges où l'on ne tuait pas les animaux, et souhaitais plus que tout épargner à notre « petit démon » les horreurs d'une possible mort prématurée.
Il ne restait donc que l'option numéro deux : l'adoption.
- La seule chose qui m'inquiète, a dit Stephan, c'est la santé de nos deux autres chats. Est-ce qu'il y a un risque qu'ils tombent malades en le côtoyant ?...
- Je l'ai examiné, il est en bonne santé. Vos chats ne risquent rien.
- Quel âge a-t-il ? ai-je demandé.
- Je dirais... un an et demi environ.
- Je suis prête à l'adopter.
- Je suppose que je vais être amené à le revoir – et à créer un dossier pour lui. Vous avez un nom en tête ?...

VANESSA MORGAN

J'ai tout de suite pensé au film de Mamoru Oshii, *Avalon*, que nous avions vu lors du festival, la nuit où ce chat avait croisé notre chemin. C'était un thriller fantastique nippo-polonais, visuellement réussi, où une jeune fille maniaque d'Internet passait son temps à préparer à manger pour son chien et à fuir le monde réel dans un jeu de guerre futuriste.
- Avalon, ai-je dit sans hésiter. Il s'appelle Avalon.
Le docteur a souri.
- Eh bien Avalon, sois bon avec ta nouvelle propriétaire...
Il ne savait pas ce qu'il disait.

JE T'APPARTIENS, TU M'APPARTIENS

Avant de rentrer chez nous, Stephan et moi avons réfléchi à la meilleure façon d'introduire Avalon dans son nouvel environnement. Nous étions convaincus qu'il valait mieux le confiner dans notre bureau pendant quelques jours ; sans doute s'adapterait-il plus aisément à son nouvel habitat ainsi qu'à nos autres animaux si nous lui évitions un changement de décor trop brutal et trop important. Ballon et Tigris avaient eux-mêmes découvert notre appartement de façon progressive, sur une période de plusieurs jours, et cette méthode avait fait ses preuves à nos yeux.

Ballon et Tigris étant tous deux d'un naturel sociable et patient, nous n'avions guère d'inquiétudes quant à l'accueil qu'ils allaient réserver au nouveau venu.

Tenant à la main la cage gris clair qui abritait provisoirement Avalon, j'ai franchi la porte de notre appartement. Avalon est resté silencieux, mais il s'est roulé en boule dans un coin de la cage dès que Ballon et Tigris se sont approchés pour la renifler. Contrairement à Ballon qui montrait beaucoup de curiosité, Tigris a reculé de quelques pas après avoir flairé l'odeur de l'arrivant.

- Vous jouerez ensemble plus tard, ai-je lancé aux deux

félins.

J'ai gagné le bureau, fermé la porte derrière moi, posé et déverrouillé la cage, avant d'extraire son occupant. Après quelques minutes de perplexité, Avalon a vidé le bol de nourriture que nous lui avions préparé.

Ballon et Tigris nous observaient à travers la porte en verre. J'aimais l'idée qu'ils puissent observer Avalon à loisir ; mais j'étais résolue à empêcher tout contact physique avant que les deux « anciens » ne s'habituent au petit nouveau, et vice-versa.

Les jours suivants j'ai fait en sorte qu'Avalon puisse accéder à d'autres pièces, afin qu'il s'approprie petit à petit son nouveau territoire. Après chaque séance d'exploration, Avalon regagnait le bureau, tandis que Ballon et Tigris se familiarisaient avec son odeur.

Après une semaine environ, j'ai senti que le moment était venu pour les chats de faire véritablement connaissance.

A peine déconfiné, Avalon a foncé à la cuisine pour se jeter sur les gamelles de Ballon et Tigris. Ceux-ci ont commencé à décrire des cercles autour de lui, prudemment. Ballon a craché, rapidement imité par Tigris. Avalon s'en fichait royalement ; on aurait dit que la colère de ses compagnons lui glissait dessus. Il a vidé les gamelles en quelques secondes, sans lever la tête une seule fois ; puis, le ventre plein, il a entrepris d'explorer l'appartement. Ballon et Tigris lui ont emboîté le pas.

Soucieuse de ne pas ajouter du stress à la situation, j'ai essayé de ne pas prêter trop d'attention aux trois félins et me suis rabattue sur mes activités quotidiennes. Equipée de mon ordinateur portable, je me suis installée sur le canapé pour travailler sur une histoire. Tigris m'a rejointe et a pris place à côté de moi, son corps touchant le mien.

AVALON

Dès qu'il l'a remarquée, Avalon s'est figé sur place avec une expression meurtrie.

Délaissant mon ordinateur, j'ai tapoté le canapé à côté de moi pour inviter Avalon à nous rejoindre ; mais il n'a pas bougé d'un poil. Il semblait si abattu que je l'ai pris en pitié. Je l'ai appelé à nouveau, sans succès. Finalement, il s'est approché à pas prudents et a sauté sur mes genoux.

Tigris a levé la tête pour le renifler avec curiosité. Pour toute réponse, Avalon l'a gratifiée d'un coup de patte puis, les yeux mi-clos, l'a fait chuter du canapé. Tigris l'a fixé, complètement déroutée, l'air de dire *Hé, qu'est-ce qui se passe ?...* Ballon et elle dormaient fréquemment ensemble dans mon giron ; la situation était donc tout à fait inédite pour elle.

N'ayant pas l'intention de capituler sans se défendre, Tigris s'est approchée de moi, mais un nouveau coup de patte d'Avalon – dont le poids égalait facilement celui des deux autres chats réunis – l'a tout de suite remise à sa place.

Tel un homme possessif qui, en public, serre sa femme contre lui pour marquer sa propriété, Avalon a pris possession de moi. Comme un mari jaloux, il s'est mis à scruter les environs pour s'assurer que personne n'avait l'audace de regarder l'objet de son amour.

Et ce n'était que le début.

***

Une des principales caractéristiques des turcs de Van est leur conception particulière de l'amour : *Je t'appartiens, tu m'appartiens.* C'était particulièrement vrai dans le cas d'Avalon.

Si un autre de nos félins se blotissait contre ma poitrine,

il le frappait à la tête avec colère. Ballon, qui était le plus gentil des chats, s'estimait assez mature pour ne pas avoir à se soumettre à son autorité, au contraire de Tigris qui se retrouvait systématiquement évincée. Tigris était en danger à chaque fois qu'Avalon la remarquait dans mes parages. Avalon lui sautait dessus, plongeant ses dents et ses griffes dans son cou, cherchant clairement à lui briser les cervicales. Il ne reculait jamais, et ne montrait ni inquiétude ni confusion quand elle hurlait de douleur ; de toute évidence, il voulait la blesser.

Avalon ne visait pas seulement l'exclusivité : il attendait de moi une attention *constante*. Il voulait être avec moi, voire sur moi, en permanence. Si son besoin d'amour restait insatisfait, il déambulait dans l'appartement en clamant son dépit à pleins poumons et passait sa frustration sur nos meubles ou sur n'importe quel objet à portée de ses griffes. Selon son inspiration du moment, il réduisait la tapisserie en lambeaux ou escaladait nos étagères pour jeter au sol des monceaux de DVD à martyriser. Je ne saurais vous dire le nombre de fois où, rentrant chez moi, j'ai trouvé un appartement saccagé aux allures de scène de crime ; à voir les dizaines de DVD nus et de boîtiers déchiquetés qui jonchaient le couloir, on aurait dit qu'un cyclone avait ravagé les lieux.

Son amour était intense, écrasant, et ne tolérait aucun autre chat ou humain dans ma vie. J'avais beau faire mon possible pour lui montrer à quel point je l'aimais, l'ombre noire de la frustration hantait continuellement son regard. Même installé sur mes genoux, il gardait un œil sur son environnement, les muscles tendus comme des câbles.

Je m'interrogeais sur les causes de son comportement : fallait-il les chercher dans l'ADN de sa race ou dans un

AVALON

traumatisme de sa petite enfance ? Mon entourage le considérait comme un petit vaurien prétentieux sous prétexte que son attitude suintait la suffisance. Je pouvais le comprendre. Avalon se comportait comme l'Elu. Tout et tous lui appartenaient, et son caractère agressif, combiné à sa masse impressionnante – dix kilos –, dissuadait quiconque de le contrarier.

Je refusais de croire que les choses étaient aussi simples.

En faisant des recherches sur son type psychologique, j'ai appris qu'un chat qui s'efforce d'accaparer tout l'amour de son maître a souvent enduré un traumatisme affectif ou des privations dans sa jeunesse. Il croit, à tort, que l'amour et l'attention ne sont disponibles qu'en quantités réduites, et que le moindre témoignage d'affection offert par son maître à une autre créature lui porte préjudice. Craignant par-dessus tout d'être privé d'amour, il exige de recevoir l'intégralité de cette ressource supposément limitée ; c'est pourquoi il montre tellement de colère et d'agressivité lorsque son maître exprime de l'affection à d'autres que lui.

J'avais beau savoir tout cela à présent, cela ne rendait pas ma cohabitation avec Avalon plus facile.

Le docteur Henri nous a conseillé de ne pas céder aux caprices d'Avalon et de donner à chacun de nos chats sa juste part de câlins. Cela, hélas, n'a fait qu'aggraver les choses. Le ressentiment qui habitait Avalon s'est changé en violence pure et simple. J'ai passé de longues heures à lui apprendre à respecter Ballon et Tigris, lançant des *Non !* sans équivoque et interrompant les conflits qu'il provoquait dès qu'ils prenaient une tournure trop brutale.

Peine perdue.

Dans sa quête incessante d'amour, Avalon s'est rapidement mis tout le monde à dos – sauf moi.

VANESSA MORGAN

Je ne voulais qu'une chose : montrer à ce chat à quel point j'étais folle de lui ; cependant, quoi que je fasse, rien ne semblait pouvoir l'arracher au trou noir qu'il s'était creusé.

AL CAPONE

Une chaude nuit de la mi-mai, vers 4 heures, j'ai été brusquement réveillée par ce qui ressemblait aux cris stridents d'une loutre réclamant à manger. J'ai tout de suite pensé *L'un de mes chats est blessé !* et je me suis dirigée à tâtons, dans le noir, vers la source de ce bruit.

La faible lumière des réverbères transperçait les stores. Avalon se tenait devant la porte coulissante qui donnait sur le jardin ; sa fourrure avait doublé de volume. Son dos était voûté, son pelage hérissé, sa queue raide comme un manche à balai. Sa tête était baissée, mais ses oreilles étaient dressées de manière à capter le moindre son. De ses pattes avant largement écartées jaillissaient des griffes plus longues que je ne les avais jamais vues, plus longues même que ce que je croyais possible. Le volume et la tonalité de ses grognements augmentaient de façon impressionnante. J'avais déjà vu des chats cracher et hérisser leurs poils, mais dans le cas d'Avalon cela s'apparentait à une possession démoniaque.

La raison de cette spectaculaire métamorphose était la présence d'un autre chat dans notre jardin – un superbe animal presque aussi massif qu'Avalon, arborant de grands yeux orange et une fourrure gris foncé aux nuances pourpres. Il ne grognait pas, ne crachait pas, ne râlait pas. Il se contentait de regarder à l'intérieur, tranquillement.

Les grognements d'Avalon étaient si sonores que l'intrus s'est mis en position de défense. Il a fait front pendant une dizaine de secondes avant de battre en retraite, anxieux et dégoûté.

Agenouillée à côté d'Avalon, j'ai promené ma main dans sa fourrure dans l'espoir de le calmer. Son cœur battait staccato, ce qui n'a pas manqué de m'inquiéter, tout autant que sa respiration bruyante et les mouvements rapides de son thorax. J'avais l'impression que son cœur allait littéralement exploser.

Les crises de jalousie d'Avalon étaient déjà bien connues dans la maisonnée ; et il n'a pas fallu beaucoup de temps avant que les chats des voisins comprennent à qui ils avaient affaire. Avalon était le Al Capone de Bruxelles. Le criminel le plus redouté du quartier était un félin grognon, violent et incontrôlable. La plupart des chats des environs n'osaient plus rôder dans notre jardin, et ceux qui s'y risquaient encore ne tardaient pas à le regretter.

Il serait injuste de dire qu'Avalon traitait tous les chats de la même façon. Certes il n'en aimait aucun, mais il haïssait certains plus que d'autres. D'une façon ou d'une autre, il *savait* quels chats je trouvais beaux. Dès que je commençais à me dire *Tiens, celui-là est plutôt mignon*, sa jalousie refaisait surface. Ainsi poussé à l'action, il se précipitait vers la fenêtre, grognant tel un fauve, et heurtait la vitre de tout son corps, en crachant bruyamment de façon à dévoiler ses crocs. Si cela ne suffisait pas, il lâchait un flot d'urine.

Personne n'embêtait impunément Al Capone.

Avalon se montrait moins violent lorsque je jugeais l'intrus quelconque. Il restait sur ses gardes, sans plus.

AVALON

D'une manière ou d'une autre, il devinait mes sentiments. Sa perspicacité avait quelque chose d'inquiétant.
    Un jour, j'ai pris Avalon dans mes bras alors que le chat d'un voisin venait de lui inspirer une nouvelle crise de jalousie. J'ai déposé un baiser sur sa petite tête féroce et lui ai calmement expliqué qu'il n'avait aucune raison de s'inquiéter, qu'il était le seul à compter pour moi, que les autres félins n'étaient rien à mes yeux comparés à lui, et que j'étais totalement éprise de lui. Il n'a peut-être pas compris ces mots, mais il a compris ce qu'ils voulaient dire. Sa respiration et son rythme cardiaque ont ralenti, et il s'est mis à lécher mon visage comme pour me dire *Merci de me préférer à lui.*
    Au même moment, quelque chose a changé en moi également. Je savais depuis le premier jour que j'étais folle amoureuse d'Avalon, mais c'est en prononçant ces paroles que j'ai véritablement pris conscience de la sincérité et de la profondeur de mes sentiments.
    A partir de ce jour, par respect pour Avalon, je n'ai plus prêté attention aux autres chats. Je les remarquais, bien sûr, mais ils me laissaient de marbre.
    C'était exactement ce qu'Avalon attendait de moi. Désormais, quand un autre félin empiétait sur son territoire, il se calmait dès qu'il ressentait mon amour. Très vite, il a cessé de surveiller les autres chats et a pris l'habitude de vaquer paisiblement à ses occupations, qu'il y ait d'autres félins dans les parages ou non.
    Ses exigences, finalement, étaient simples : il voulait l'exclusivité. Après tout, n'est-ce pas ce que nous voulons tous ? La seule différence, c'est qu'il exprimait cette exigence de façon claire et névrotique. Il voulait s'assurer que je l'aimais, et n'aimais que lui.

VANESSA MORGAN

En fin de compte, le Al Capone de Bruxelles avait le cœur tendre.

AMES SŒURS

    Je me suis souvent demandé pourquoi j'étais si protectrice avec Avalon. La vérité, c'est que je ne le comprenais que trop bien. Même s'il m'a fallu des années pour le reconnaître, Avalon et moi étions bel et bien des âmes sœurs ; ses angoisses, son besoin d'amour faisaient écho aux miens.

    Aujourd'hui j'ai la chance de gagner ma vie comme écrivain et de pouvoir parcourir la planète dans le cadre de mon activité ; mais cela n'a pas toujours été le cas. Parfois je suis embarrassée de me confier sur mon passé, du fait que nous vivons dans un monde où la lutte, le combat sont mal vus. Toujours est-il que, lorsque j'ai rencontré Avalon, lui et moi étions des êtres brisés cherchant en vain notre place dans le monde.

    Comme de juste, tout a commencé dans mon enfance.

    Un jour, après le divorce de mes parents – j'avais 6 ou 7 ans –, ma mère s'est assise sur mon lit, à côté de moi, pour m'annoncer :

    - J'ai le cancer. Tu sais ce que ça veut dire ?...

J'ai secoué la tête.

    - Ça veut dire que je vais mourir.

    C'était la première fois que j'étais confrontée à la finitude de l'existence. Cette nuit-là je n'ai pas arrêté de pleurer. Ma mère, pourtant, n'est pas morte. Elle a survécu pour la bonne et simple raison qu'elle n'avait pas le cancer. Elle avait, par contre, un fort besoin d'attirer l'attention, et il s'est avéré qu'en m'annonçant son décès elle avait trouvé un moyen extrêmement efficace d'attirer la mienne.

Quand la crédibilité de son histoire de cancer est devenue douteuse du fait de l'absence de traitements et de symptômes, ma mère s'est rabattue sur d'autres maladies : la malaria, la brucellose, la maladie coeliaque – la liste est devenue si longue qu'on a fini par s'y perdre. Ma mère a probablement attrapé quelques-unes d'entre elles, mais sa propension au mensonge brouillait la frontière entre réalité et fiction.

Par la suite je l'ai souvent trouvée endormie aux toilettes, une bouteille de whisky presque vide sur les genoux. Elle cachait une partie de son stock d'alcool dans une boîte près de la cuvette, l'autre au fond de la penderie. Lorsque j'ai rapporté tout cela à ses parents, la confrontation qui en a résulté a conduit ma mère à boire encore plus. Finalement, ses abus d'alcool ont provoqué des maladies bien réelles. Au moins, elle n'avait plus besoin de jouer la comédie.

L'année de mes 17 ans, un camion m'a renversée alors que, sortant de l'école, je me rendais chez mes grands-parents pour le déjeuner. Victime d'une commotion cérébrale et de douleurs sévères, je me suis retrouvée clouée chez moi pour de longues semaines. Mes amis me rendaient visite tous les jours ; ils passaient leurs soirées avec moi, pour me tenir compagnie et regarder des films d'horreur en VHS.

Un jour ma mère m'a prédit :
- Le temps que tu te remettes de ton accident, tes amis vont devenir les miens et ils ne te prêteront plus aucune

AVALON

attention.
C'est effectivement ce qui est arrivé. Elle avait un autre plan pour ceux qui ne me rendaient pas visite. Un soir, elle a appelé mes camarades d'école pour me salir à coups de mensonges. Dès le lendemain, les camarades en question ont commencé à m'ignorer ou à m'insulter.
- Qu'est-ce qui te prend ? ai-je demandé à l'un d'eux.
- Tu es jalouse, a-t-il répondu. Tu nous critiques dès qu'on a le dos tourné.
- Comment ça ?...
- Ta mère nous a appelés pour nous prévenir.
- Elle vous a menti. Je ne suis pas comme ça.
- Alors pourquoi elle nous a dit ça ?
- Je ne sais pas. Pour me faire du mal, peut-être.
- Les mères ne font pas de mal à leurs enfants. Elles ne mentent pas.
C'était vrai – les mères ne font pas ça. Et cela ne m'aidait pas à comprendre la mienne.

Son comportement m'a appris que ce que j'avais pouvait facilement m'être retiré. Bien des gens étaient capables de mentir pour obtenir ce qu'ils voulaient, mais ce n'était pas mon cas. J'ai donc commencé à me considérer comme une victime – quelqu'un dont le chemin vers le bonheur serait forcément éprouvant.

Mon père a éveillé en moi un autre type de doutes.

J'avais l'impression que je n'étais pas la fille dont il avait rêvé, et son exigence de perfection se mélangeait à de l'autoritarisme et à une poigne de fer. Lorsque je me montrais incapable d'accomplir quelque chose – disons, de résoudre un problème d'algèbre –, sa frustration s'exprimait brutalement, de façon physique autant que verbale.

Non seulement mon père exigeait perfection et docilité,

mais il me rappelait fréquemment que j'étais trop médiocre pour atteindre mes objectifs. Quand, enfant, je lui ai dit que je voulais devenir mannequin, il m'a demandé si je m'étais déjà regardée dans une glace. Quand j'ai voulu décrocher un diplôme universitaire et devenir journaliste, il m'a fait savoir que j'étais trop stupide pour ça. Et quand j'ai décidé d'écrire un livre, il m'a prédit que personne ne le lirait à part quelques amis.

Un jour, je lui ai demandé pourquoi il était si négatif. Il m'a répondu :

- Ce n'est pas parce que tu es ma fille que je vais te dire que tu fais du bon boulot.

Je devais mériter ses compliments.

Je me souviens l'avoir entendu dire un jour qu'il ne voulait pas que je devienne prétentieuse. Mission accomplie : quand je me regardais dans un miroir, je ne voyais qu'un laideron ; et quand je considérais mon travail, mon manque de talent et d'intelligence me sautait aux yeux.

J'ai maintes fois montré à mon père qu'il se trompait. J'ai obtenu mon diplôme ; je suis devenue écrivain ; j'ai vendu de nombreux livres. Ce n'était jamais assez. Quand j'ai publié mon premier roman, mon père m'a dit que mon CV était ridicule comparé aux bibliographies bien fournies des écrivains confirmés. Quand je suis rentrée à Bruxelles après une année passée à Londres, il m'a obligée à admettre que mon séjour en Angleterre était un échec, alors que je m'étais tout simplement lassée de Londres et voulais abandonner le théâtre pour me mettre à écrire.

Après avoir lu le premier jet de ce roman, ma sœur m'a dit à quel point mon diplôme et mes livres inspiraient de la fierté à mon père. Cela m'a touchée. A vrai dire, je n'attendais pas de mon père qu'il soit fier de moi ; je voulais juste qu'il

AVALON

m'aime comme je l'aimais.

Mes camarades de classe, eux aussi, ne rataient pas une occasion de me faire savoir à quel point ils me trouvaient ringarde et bizarre. Même les profs se moquaient de moi. J'avais peu d'amis, et ceux que j'avais suscitaient en moi un sentiment d'infériorité. Quand je parlais, personne ne m'écoutait.

Mes grands-parents maternels étaient les seuls à me montrer de l'amour par des actes et des paroles, et à exprimer leurs opinions sans critiquer.

Je suppose que mes parents m'ont aimée à leur façon. En tout cas, c'est ce que j'aimerais croire. Je suis sûre qu'ils m'ont élevée au mieux de leurs capacités, mais je ne peux me débarrasser de l'impression que j'ai déçu mon père, et que ma mère était trop occupée à réclamer de l'attention pour être en mesure de m'en donner.

Logiquement, je me suis murée dans le silence – une façon inconsciente de me protéger du négatif. Mon enfance a également instillé en moi une crainte profonde de l'imperfection et de l'échec. Convaincue que je devais être irréprochable pour être aimée, je me suis coupée des autres, notamment de ceux que je tenais en haute estime.

La littérature et le cinéma étaient mes seuls refuges contre l'inquiétude. Enfant, je lisais tout ce qui me passait entre les mains. J'ai commencé avec des auteurs populaires comme Stephen King et Agatha Christie, enchaîné avec les classiques anglais, américains et français, et finalement découvert Nietzsche, Shakespeare, Proust et Brecht alors que les jeunes de mon âge lisaient encore *Les Schtroumpfs*. Chez mon père, où rien n'allait de soi, je lisais la nuit, sous mes couvertures, à la lumière d'une petite lampe-torche qui me permettait tout juste de distinguer les mots. Chez ma mère, je pouvais lire des manuels de suicide sans que ça la trouble le moins du monde. Les films, c'était pour mes périodes d'examens. Je passais les épreuves le matin, louais deux ou trois vidéos en rentrant chez moi et passais le reste de l'après-midi à visionner des films en principe destinés à un public mûr et averti.

Quand je n'étais pas immergée dans un livre ou un film, je me réfugiais dans les rêves. Je m'imaginais au sommet, avec la certitude que c'était mon destin. Ces rêves étaient si détaillés que je pouvais humer, goûter, ressentir l'avenir. Je ne me suis jamais demandé quelle tournure allait prendre ma vie car au fond de moi je le savais. J'étais bien consciente que ma route serait jalonnée d'épreuves, mais j'étais convaincue qu'en travaillant dur pour éliminer mes défauts je finirais par atteindre mes objectifs.

***

En mûrissant, j'ai décidé que les prédictions et opinions des autres ne devaient plus primer sur les miennes. J'ai donc pris les choses en main et commencé à contrôler mon destin.

Comme beaucoup de jeunes adultes l'ont constaté, le chemin du succès n'est pas rectiligne. Après quatre années d'études couronnées de succès, je me suis exilée à Londres pour travailler pendant un an dans le monde du théâtre, comme bénévole. De retour en Belgique, j'ai travaillé pour plusieurs magazines en tant que journaliste indépendante. Deux ans plus tard, la plupart de ces publications ayant fait faillite, je me suis rabattue sur un boulot d'enseignant en freelance, que j'ai détesté. Je n'avais rien contre ce travail en lui-même – beaucoup de mes collègues l'appréciaient –, mais une fille timide comme moi se sentait forcément mal à l'aise

AVALON

quand elle faisait face à un public.

J'ai lu un jour : *S'il y a quelque chose qui te déplaît dans ta vie, change-le*. C'est ce que j'ai essayé de faire.

Depuis que j'avais vu une adaptation théâtrale de *Tandis que j'agonise*, de William Faulkner, à Londres, j'avais le désir d'écrire des fictions. Profitant, en quelque sorte, de la frustration que m'inspirait mon travail, j'ai entrepris de concrétiser ce désir, consacrant chaque heure de mon temps libre à me fixer des objectifs, à écrire, réviser, chercher des solutions.

Clairement, écrire des livres n'était pas si facile. J'avais mis la barre absurdement haut et sous-estimais grandement l'importance de la phase d'apprentissage. En m'efforçant de dépasser mes limites, je m'y cognais. Je voulais créer de la beauté, mais ne produisais que de la banalité. Je craignais que mes talents d'écrivain ne soient qu'une illusion.

En fait, rien dans ma vie ne se passait comme prévu. J'étais devenue enseignante à mi-temps afin d'avoir plus de temps pour écrire, mais le gouvernement a jugé la baisse de mes revenus suspecte et m'a infligé une augmentation d'impôts assortie d'une pénalité ; si bien que je me suis vue contrainte de travailler encore plus pour m'en sortir. Une société de production m'a promis un contrat d'auteur... avant de s'évanouir dans la nature. Enfin, quand j'ai voulu m'auto-publier après avoir cherché pendant des mois la maison d'édition idéale, le responsable de la maison en question a empoché mon argent mais a négligé de publier mon livre.

J'attendais de Stephan qu'il m'encourage, qu'il soit la première personne à me dire *Je sais que tu peux y arriver, je crois en toi*. Hélas, s'il me soutenait effectivement, il n'était pas du tout un rêveur ; à ses yeux, une fille dépourvue de relations n'avait guère de chances de vendre ses histoires.

Parallèlement je cherchais un autre emploi, un travail pas trop compliqué qui allègerait mes soucis financiers. J'étais fatigué de me battre et d'espérer. Une fois encore, j'ai fait chou blanc. J'ai postulé dans un vidéo-club, puis dans une administration, mais quelle que soit l'activité que je visais, j'étais surqualifiée.

Bon nombre de jeunes de mon âge subissaient des revers de ce genre, mais dans mon cas c'était comme si la vie me disait *Pas la peine d'essayer, le bonheur ce n'est pas pour toi.* Dans tout ce que je faisais, même dans mes moments de loisir, je voyais la preuve que j'étais née sous une mauvaise étoile. C'était stupide mais j'y croyais dur comme fer.

Mes histoires reflétaient cet état d'esprit. Mes personnages se battaient comme des lions pour obtenir ce qu'ils voulaient, mais au final ils échouaient toujours. J'en étais venue à croire que la vie fonctionnait comme ça – qu'il ne pouvait pas y avoir de fin heureuse.

Pourtant, je n'ai jamais renoncé. *Continue. Continue à avancer, tout s'arrangera.* J'avais besoin de me dire qu'il y avait de la lumière au bout du tunnel. Au fond de moi j'avais cessé de croire à cette lumière, mais si jamais elle existait je ne voulais pas prendre le risque de la rater en restant immobile.

Dans *The Strangers Outside*, une nouvelle que j'ai écrite des années plus tard, le personnage principal dit :
- Les gens passifs échouent. Pour les autres, il y a au moins une chance.

Je venais juste de réaliser l'importance de cette vérité dans ma vie. Elle avait toujours guidé mes pas, mais à mon insu jusque là. Même si je ne croyais pas à un *happy ending*, je n'avais jamais capitulé.

Je me demandais par ailleurs si les rêves avaient une date

AVALON

d'expiration – s'il y avait une limite au-delà de laquelle on ne pouvait plus les réaliser. D'après certains, le moment où l'on baisse les bras est le moment précis où l'on aurait pu connaître le succès. Etait-ce vrai ? Je connaissais des artistes qui, à l'âge de la retraite, se battaient encore pour lancer véritablement leur carrière. Allais-je finir comme eux ? Peut-être n'avais-je pas assez de talent pour atteindre mon but ; après tout, c'est ce que tout le monde me disait depuis toujours. Le plus sage était peut-être de l'admettre et de rendre les armes. Mais comment pouvais-je en être sûre ?...

Tandis que les années passaient, toutes décevantes, ma frustration s'est changée en accablement pur et simple. Quand vous êtes jeune, la vie et le temps semblent infinis ; quand vous prenez de l'âge, votre horizon se rétrécit et vous cédez plus facilement au désespoir. Tout ce que je voulais, c'était être une bonne personne et trouver une certaine satisfaction dans une activité. Je ne comprenais pas pourquoi c'était si difficile. Je ne visais ni la gloire, ni la richesse ; je voulais juste être heureuse.

Je craignais que ma famille et mes amis ne m'abandonnent en découvrant quelle ratée j'étais ; certains, d'ailleurs, l'avaient déjà fait. En fait j'avais décidé de ne plus les fréquenter, au moins le temps que je progresse – c'était ce que je me disais en tout cas. Quand un ami m'appelait, je ne décrochais jamais.

Au travail, personne ne remarquait rien car je savais parfaitement dissimuler mes états d'âme derrière un sourire professionnel.

- Ça saute aux yeux, vous êtes née pour enseigner, me disaient souvent mes élèves. Vous êtes passionnée par votre métier.

- Merci, répondais-je en souriant.

En moi, cependant, je pleurais.

Personne n'avait la moindre idée de ma vie intérieure. Je me comportais comme une schizophrène, à la différence près que je savais distinguer le réel de la fiction. La vraie Vanessa était issue de mon imagination ; l'autre était celle que j'étais forcée d'être.

Mes animaux étaient les seuls à anesthésier mon désespoir. Quand je me disais que j'étais condamnée à échouer, ils réussissaient à m'arracher un sourire. Quand je pensais que je n'étais pas digne d'être aimée, ils me démontraient le contraire. Et puis il y avait Avalon, qui, avec ses propres failles et traumatismes, me donnait le sentiment d'être comprise. Lorsque, la nuit, je ruminais mon infortune chronique, et qu'Avalon venait se blottir contre moi pour s'endormir dans mes bras, je pensais *J'ai tellement de chance de te connaître...*

LE VOL

D'après les psychanalystes, nous passons notre vie d'adulte à soigner les traumatismes de notre enfance. Personnellement, je soignais les cicatrices de la mésestime de soi, des mensonges et de la domination. Je voulais exprimer mes pensées dans mes livres parce que je n'avais pas le courage de les exprimer dans le monde réel ; je visais la liberté professionnelle alors que j'avais seulement besoin de me libérer de mon passé ; je cherchais dans les relations avec mes chats la profondeur dont mes rapports avec autrui étaient dépourvus.

Je me demandais dans quelle mesure Avalon essayait de soigner ses propres traumatismes de jeunesse. Au vu de ses efforts, il devait avoir fort à faire.

Ses problèmes ne trouvant aucun écho en eux, bien des gens étaient incapables de voir au-delà de son comportement agressif et égoïste. Ils ne pouvaient deviner le versant caché de sa personnalité qui réclamait de l'amour. C'est pourquoi il ne suscitait que de l'hostilité autour de lui.

D'abord séduits par sa beauté époustouflante, mes amis et les membres de ma famille lui ont rapidement tourné le dos, refroidis par ses mauvaises manières. Logiquement, je suis moi-même tombée en disgrâce. Non seulement je m'obstinais à garder cette affreuse bestiole sous mon toit, mais en plus de ça je l'adorais et prenais sa défense.

Enervée par l'attitude d'Avalon, la propriétaire de notre appartement lui a déclaré la guerre. Cette quadragénaire lourdement handicapée par une sclérose en plaques s'était juré d'éliminer de sa vie tous les sujets de contrariété, et Avalon en faisait désormais partie.

- Je vous ai prévenue, m'a-t-elle dit un jour. Seuls les animaux domestiques sont autorisés dans cet appartement.
- Mais... Avalon *est un animal domestique* !

Elle a regardé Avalon avec dégoût.
- Cette chose est une créature de Satan.
- Je sais qu'il peut être embêtant par moments, mais c'est juste un chat...

Derrière nous, avec les grognements gutturaux d'un lion dévorant sa proie, Avalon tenait Tigris entre ses mâchoires, s'efforçant de lui arracher la tête. Quand Tigris est parvenue à s'échapper, Avalon est passé devant nous comme un éclair, en grommelant ; après un dérapage incontrôlé, il a heurté la table basse, bondi en l'air et escaladé le chambranle de la porte d'entrée jusqu'au plafond – avant d'entrer en collision, tête contre tête, avec notre visiteuse à moitié morte de terreur.

- Si vous ne virez pas *cette bête, a-t-elle craché, c'est moi qui vous jetterai dehors* !

***

En me demandant comment Avalon avait pu se retrouver sans abri, j'imaginais ses maîtres en train de se dire, résignés : *Nous ne pouvons plus nous occuper de lui*. Avalon avait beau être une créature remarquable du point de vue esthétique,

AVALON

le plus probable à mon avis était que, après avoir découvert à quel point il était turbulent, autoritaire, fougueux et pour tout dire cinglé, ses propriétaires l'avaient emmené « faire un tour » et abandonné au bord d'une route.

Autre possibilité : il s'était retrouvé dans la rue par accident et ses maîtres avaient pensé *Ouf, bon débarras. Fermons les portes et les fenêtres avant qu'il ait l'idée de revenir.*

Une voyante spécialisée dans les animaux domestiques m'a dit un jour qu'Avalon avait été maltraité par deux frères.

- Une femme était gentille avec lui, mais quand elle avait le dos tourné les deux garçons l'embêtaient. Il s'est enfui ; il ne supportait plus cette situation. Il n'était dans la rue que depuis neuf jours quand vous l'avez trouvé et secouru. Vous êtes devenue son ange gardien. C'était écrit...

J'étais quelque peu sceptique, d'autant que certaines choses que cette voyante m'avait dites par ailleurs s'étaient avérées incorrectes. Malgré tout, je me cramponnais à ces informations car elles étaient les seules dont je disposais.

Si Avalon avait bel et bien eu un foyer autrefois, pourquoi ses propriétaires n'avaient-ils pas publié une annonce pour signaler sa disparition ? Pourquoi n'avaient-ils pas sollicité les vétérinaires du quartier ou les refuges de la région ?...

Je me demandais également s'il était possible que la névrose d'Avalon résulte de la rupture du lien privilégié qu'il avait peut-être entretenu avec ses anciens maîtres. Cette question, hélas, devait rester sans réponse.

Pendant ce temps, Avalon mettait la patience de mon entourage à l'épreuve. Tout le monde me suppliait de me débarrasser de lui. Je n'ai jamais cédé.

Aussi invivable que puisse être Avalon, je comprenais parfaitement comment il fonctionnait. L'abandonner était la pire chose que je pouvais lui faire. Je refusais de lui infliger cette épreuve.

Des mois plus tard, j'ai trouvé un avis de recherche dans ma boîte aux lettres :

> **Chat mâle perdu sur l'avenue Lebon à Auderghem.**
> **Blanc avec des taches rousses.**
> **Récompense de 50 euros.**

La photo qui l'illustrait était celle d'Avalon.
Il avait une famille.
Quelqu'un l'aimait.
A première vue, je n'avais pas le choix – je devais rendre Avalon à ses propriétaires. Ne sachant pas ce qu'il était devenu, ils devaient être morts d'inquiétude.

D'un autre côté, je me demandais pourquoi ils n'avaient pas commencé leurs recherches plus tôt. S'ils avaient contacté un seul des refuges ou des cabinets vétérinaires de la région, ils auraient récupéré leur chat. S'ils avaient distribué leur message dans les jours ou semaines qui avaient suivi sa disparition, ils l'auraient localisé en quelques heures.

Pourquoi n'avaient-ils rien fait ?... A leur place, je me serais immédiatement lancée à la recherche d'Avalon ; et je n'aurais pas renoncé avant de le savoir en sécurité.

Avalon avait-il été heureux avec ses anciens maîtres ? Je n'en avais aucune idée. Une chose était sûre : mon désir de le protéger était tel que je ne pouvais me résoudre à me séparer de lui. Je me suis promis de donner à ce chat tout l'amour dont il avait besoin, et de trouver un moyen de faire de lui le félin le plus heureux du monde.

J'ai caché l'avis de recherche. Je n'en ai pas parlé à

AVALON

Stephan. C'est la plus grosse cachotterie que je lui aie jamais faite – et que j'aie jamais faite à quiconque.

INDIGESTIONS

Les années passant, mon sentiment d'avoir commis une erreur en gardant Avalon auprès de moi s'est intensifié, car rien de ce que je faisais n'atténuait son mécontentement. Ma décision d'ignorer les chats du voisinage avait certes apaisé sa jalousie, mais avec les quatre autres êtres vivants qui réclamaient quotidiennement ma dévotion, la réalité était fort éloignée de son utopie personnelle, et de nouveaux problèmes s'ajoutaient régulièrement aux habituelles difficultés créées par son comportement.

Les petits changements causaient fréquemment des perturbations majeures. Quand nous déplacions un DVD ou posions un stylo sur une table où il n'avait pas l'habitude de le voir, Avalon se plantait à proximité du problème et exprimait bruyamment sa désapprobation avec des vocalises dignes d'un muezzin appelant à la prière. Il ne s'arrêtait pas avant que les choses ne reviennent à la normale.

Intelligent et calculateur, il avait par ailleurs développé une stratégie pour dissuader Ballon et Tigris d'utiliser *ses* bacs à litière. Dès qu'il entendait *scratch, scratch, scratch* du côté de la litière, il se cachait en mode guet-apens derrière le mur de la salle de bains, le postérieur frémissant, et sautait sur son congénère dès qu'il sortait de la pièce, le faisant sursauter. Cela marchait... à chaque fois. Il s'éloignait ensuite de la scène du crime, le museau fièrement dressé.

Initialement, Borat, notre cochon d'Inde, était le plus épargné ; mais c'est lui, finalement, qui a dû endurer les plus grandes humiliations. A priori, la crainte que les rongeurs inspiraient à Avalon lui assurait une certaine sécurité. Les chats ont beau être des prédateurs impitoyables, comme l'attestent les 2,4 milliards d'oiseaux et 12,3 milliards de mammifères qu'ils tuent en moyenne chaque année aux Etats-Unis, Avalon évitait soigneusement de croiser le chemin de Borat quand celui-ci se dégourdissait les pattes dans l'appartement, préférant dessiner de larges cercles autour de lui.

Néanmoins, Avalon a fini par trouver un moyen de perturber Borat. Cela a commencé quand je lui ai appris à ne plus vomir sur le lit et les moquettes. Ces leçons se sont avérées efficaces : il n'a jamais récidivé. Par contre, il a pris l'habitude de se vider l'estomac sur la tête de Borat. Dès qu'une boule de poils lui montait dans la gorge, il fonçait vers la cage du cochon d'Inde, se penchait au-dessus et régurgitait généreusement.

***

Un soir d'été, de retour chez nous après avoir dîné dans un restaurant italien des environs, Stephan et moi avons constaté la « disparition » de nos chats.

Quelles que soient leurs activités, ils nous accueillaient toujours dans le vestibule. Mais ce soir-là, quand nous avons allumé la lumière, ils étaient invisibles. Ils ne sont même pas venus quand nous les avons appelés.

Chacun de notre côté, nous avons fouillé pièces et

AVALON

placards, à la recherche d'un signe de vie féline – sans succès. Il y avait eu plusieurs cambriolages dans le quartier ; peut-être notre domicile avait-il été « visité », suite à quoi les chats s'étaient enfuis et perdus. Nous avons vérifié les portes : toutes étaient soigneusement fermées.

Arrivés à la cuisine, nous avons remarqué un faible rai de lumière dans l'obscurité. Il émanait du réfrigérateur. La porte était ouverte, et le contenu éparpillé sur le sol. Un élément important manquait au tableau : la viande à griller que nous avions achetée en vue d'une petite fête entre amis le lendemain.

Nous avons suivi une piste faite d'aliments divers et d'emballages déchirés, et sommes ainsi arrivés dans le bureau. Là, nous avons trouvé les trois chats absorbés dans une orgie de côtelettes de porc, de saucisses épicées et de cuisses de poulet marinées. De ces mets a priori destinés à six estomacs humains affamés, il ne restait pratiquement plus rien.

Si nous avions laissé ces viandes à l'air libre, nous aurions certainement été les seuls à blâmer. Mais depuis quand les chats savent-ils ouvrir un réfrigérateur ? Qui était responsable de ce carnage si bien pensé ?... Ce soir-là, il semblait bien que tous les trois étaient coupables.

Quelques jours après cet incident, Avalon a commencé à souffrir de constipation. Il s'accroupissait, se crispait, se figeait, rampait en oblique, manifestement mal en point. Nous l'avons immédiatement amené chez le docteur Henri.

- Il est possible qu'en se gavant de viande, l'autre soir, il ait accidentellement avalé des morceaux d'emballage plastique, a dit le docteur. Je vais lui faire une radio des intestins pour être certain que rien ne bloque son transit.

A peine déposé sur la table d'examen, Avalon s'est violemment rebiffé ; on aurait dit un lion opéré sans anesthésie. Grognant avec fureur, il s'est mis à griffer le vétérinaire qui le palpait à la recherche d'une grosseur, d'une lésion ou d'une obstruction. Il résistait de toutes ses forces ; l'énergie qu'il déployait était stupéfiante. Même pour un vétérinaire expérimenté comme le docteur Henri, Avalon était un véritable défi.

Après avoir étudié les radios, le docteur a confirmé :
- Il y a bien une masse de matériel inorganique qui obstrue ses intestins. Une intervention sera peut-être nécessaire, mais avant de recourir aux grands moyens, voyons si nous pouvons éliminer cet obstacle de façon plus douce...

Les jours suivants, j'ai systématiquement ajouté une cuillère de glycérine aux pâtées d'Avalon. Après chaque repas, il se retrouvait confiné pendant des heures dans son bac à litière, où il produisait d'énormes quantités de selles liquides. Quand il venait à nous pour solliciter un peu de réconfort, il sentait si mauvais que ni Stephan ni moi ne pouvions nous résoudre à le câliner, malgré toute l'empathie qu'il nous inspirait.

La bonne nouvelle, c'est que ce remède de cheval a mis fin à son obstruction intestinale et a, par conséquent, rendu l'intervention chirurgicale inutile.

La mauvaise nouvelle, c'est qu'Avalon n'a retenu aucune leçon de ses mésaventures digestives. Il engloutissait tout ce qui lui tombait sous la patte, en particulier les piments rouges, les pois chiches, le maïs en conserve, le fromage, les sacs plastique et les sapins de Noël. Il aurait volontiers échangé ses boîtes de poulet Almo Nature contre ces délices interdits.

Ces festins improvisés ne passaient pas toujours très

AVALON

bien, si bien qu'il vomissait avec la facilité et la régularité d'un boulimique. Nous l'entendions fréquemment lâcher un *Gaaaaaack* dans la pièce voisine, et le temps que nous arrivions, un nouvel objet incomestible ornait la tête de Borat, au milieu d'un tas de pâtée à moitié digéré.

De son côté, la porte du réfrigérateur s'obstinait à s'ouvrir de manière inexplicable. Nous avions beau empiler des boîtes devant le frigo pour bloquer son accès, celles-ci, à peine installées, étaient écartées sans effort par une force mystérieuse. La meilleure solution, a priori, était de fermer la porte de la cuisine, mais il s'est avéré que la créature qui pillait notre frigo savait également manier les poignées de porte.

Qui était le coupable ?

Chapardeur invétéré, Ballon a été notre premier suspect, mais sa manie de se jeter sur des meubles imaginaires nous a conduits à penser qu'il n'était peut-être pas assez malin pour mener des opérations de ce genre. Par ailleurs il n'était pas du genre sournois, et ses chapardages n'avaient rien de discret. Quant à Tigris, elle avait autant de curiosité pour la nourriture qu'un anorexique. Nos soupçons se sont donc tournés vers le plus rusé de la bande : Avalon. Plus tard, nous avons appris que les turcs de Van étaient connus pour leur aisance à ouvrir les portes et les meubles.

Un soir, Stephan et moi regardions un film, confortablement installés sur notre lit. Je suis allée à la cuisine pour me préparer du thé.

Dans la lumière blafarde, j'ai trouvé Avalon à côté du réfrigérateur, plaçant méticuleusement ses griffes sur le joint de porte pour le tirer à lui de toutes ses forces. Ses yeux plissés évoquaient ceux d'un personnage de cartoon en pleine activité exténuante. Se croyant seul, il a passé en revue les trésors étalés sous ses yeux et a jeté son dévolu sur un paquet de piments rouges entreposé au fond du frigo.

Tandis qu'il mastiquait le fruit de son larcin, je lui ai signalé ma présence en toussotant ; il s'est figé au beau milieu d'une bouchée et m'a fixée. Planté là, penaud, il avait l'air d'un malfaiteur surpris en plein braquage.

Au bout d'un moment, d'un geste théâtral au possible, il a porté sa patte à sa petite gueule et s'est mis à la lécher, répondant à mon regard accusateur par une expression angélique. *Avec un peu de chance, je vais réussir à lui faire croire que je n'y suis pour rien...*

Ce n'était pas la première fois qu'il recourait à ce subterfuge. Un jour où je l'avais surpris en train de se battre avec Tigris, il avait détourné sa patte levée vers son museau pour se lancer dans un simulacre de toilette.

Ce soir-là, cependant, il a compris que j'admirais son intelligence et son agilité – et que, quels que soient les coups fourrés qu'il me réservait, je serais toujours immensément fière de lui. A partir de ce moment, il a pris l'habitude d'ouvrir le réfrigérateur dès que l'envie lui en prenait, que je sois présente ou non.

***

En une occasion singulière, Avalon s'est laissé aller à exprimer de la bonté ; cela a été si bref qu'on aurait facilement pu l'oublier.

A l'âge de quatre ans, Borat a entrepris une grève de la faim ; croquettes, chicorée, foin de montagne – rien de ce que nous lui donnions d'habitude ne l'intéressait. Sachant que les intestins d'un cochon d'Inde cessent définitivement toute activité après quarante-huit heures de jeûne, nous

AVALON

l'avons rapidement amené chez le vétérinaire. Quelques jours auparavant, nous avions remarqué qu'il remuait ses mâchoires d'une manière inhabituelle quand il grignotait ; nous suspections donc un problème dentaire.

- Ses dents sont en parfaite santé, nous a assuré le vétérinaire. Je vais lui injecter de la vitamine C, mais je ne vois pas ce que je peux faire d'autre. Les cochons d'Inde sont une espèce compliquée – avec eux, on ne peut jamais savoir si le traitement va fonctionner.

En deux jours à peine, Borat a maigri de façon spectaculaire ; si bien que nous avons sollicité l'avis d'un deuxième vétérinaire. Cette consultation n'a pas été plus concluante que la première. A défaut de pouvoir expliquer le déclin de Borat, le spécialiste nous a donné quelques conseils susceptibles de lui sauver la vie ; il nous a notamment invités à l'alimenter de force avec des préparations spéciales et de l'eau sucrée. D'après lui, on ne pouvait rien faire de plus.

Nous avons consulté un troisième vétérinaire dans l'espoir d'y voir plus clair.

- Bien sûr qu'il ne peut pas manger ! nous a-t-il dit. Regardez : ses molaires se chevauchent, du coup elles bloquent sa langue...

Le problème a été rapidement résolu. Pourtant, Borat n'a pas retrouvé son appétit.

Nous avons passé le reste de la journée au lit, avec Borat sur ma poitrine. Pour une fois, Avalon nous a laissé tout l'espace que nous voulions. Ce jour-là, aussi possessif qu'il pouvait être, et malgré sa propension à faire le vide autour de moi pour accaparer toute mon attention, il n'a jamais cherché à s'immiscer entre nous. Il a accepté son rôle de deuxième violon avec une aimable résignation.

Durant la nuit, l'état de Borat s'est encore dégradé. Blotti contre mon cou, il s'est mis à haleter et à piailler de douleur.

Avalon s'est glissé à côté de lui et a doucement promené sa langue sur sa petite tête. Cela a été la première et dernière fois que je l'ai vu manifester de la bonté envers une autre créature.

J'ai pensé à Oscar, un chat qui vivait dans une maison de retraite ; il sentait quand un des résidents allait mourir, et s'asseyait sur son lit pour l'accompagner dans ses derniers instants. Peut-être Avalon avait-il ce don lui aussi ; en tout cas, Borat a rendu l'âme peu après.

Les semaines suivantes, Avalon m'a laissé accomplir mon deuil et a pris soin de ne pas solliciter excessivement mon affection. J'avais très envie de découvrir un peu plus cette capacité de compassion insoupçonnée. Restait à savoir comment j'allais pouvoir l'amadouer pour éveiller son empathie.

UN NOUVEAU DEPART

Dix ans après avoir rencontré Stephan, j'ai mis fin à notre relation. Je n'étais pas lasse de lui, mais plutôt de ma malchance chronique. Du fait que la plupart de mes luttes avaient commencé à peu près au même moment que notre relation, j'en étais venue à associer les deux dans mon esprit.

Je ne désirais qu'une chose, briser la spirale négative qui m'empêchait d'avancer. J'avais besoin d'un nouveau départ qui favoriserait les opportunités et le bonheur ; et le seul moyen qu'il me restait de forcer le changement était de me séparer de l'homme que j'aimais.

Stephan avait depuis longtemps conscience que je m'éloignais de lui. Parce qu'il était encore amoureux de moi, il faisait en sorte de me retenir auprès de lui en m'offrant des séjours surprises dans diverses villes, la destination de nos voyages restant secrètes jusqu'à notre arrivée à l'aéroport. Il m'emmenait dans ses restaurants préférés et me couvrait de cadeaux. Mais la seule chose qui pouvait me rendre heureuse était aussi la seule qu'il ne pouvait m'offrir – une petite parenthèse de solitude.

J'ai lu un jour que « parfois, vous devez laisser une personne partir pour lui permettre de grandir. En effet, ce n'est pas ce que vous faites pour cette personne qui lui permettra de s'accomplir en tant qu'être humain, mais ce que vous lui avez appris à faire pour elle-même. » Je devais comprendre que j'étais totalement responsable de tout ce qui était ou n'était pas arrivé, et que j'étais la seule personne à blâmer dans cette histoire.

Cependant, aussi fort que soit mon désir de nouveau départ, j'étais incapable de me libérer de notre relation. Peut-être qu'au fond de moi-même je n'avais pas envie de me libérer. Il y avait encore des moments de tendresse entre nous, car nous nous aimions de manière profonde et loyale.

Le Festival international du film fantastique de Bruxelles, grâce à qui j'avais rencontré Stephan et Avalon, était devenu un bon indicateur de mon évolution. Cette année-là, cela faisait exactement dix ans que ma vie avait calé. Dix ans à ne rien accomplir, c'était long. Le festival m'a remis mes idéaux en tête. Au début, j'étais pleine d'excitation et de motivation à l'idée de concrétiser mes projets ; à présent, tout ce que j'entreprenais ne faisait que nourrir mon mécontentement.

A mes yeux, l'année suivante devait être une année de réalisation, une année où chaque jour compterait et qui me permettrait enfin de devenir qui je voulais être. Je refusais la perspective de me retrouver au même point un an plus tard, avec les mêmes pensées et les mêmes constats d'échec.

Un après-midi, juste avant l'ouverture du festival, je me suis trouvé un nouvel appartement et j'ai appelé Stephan pour lui faire savoir que je ne rentrerais pas à la maison. C'était une décision spontanée, et pourtant, aussi contradictoire que cela puisse paraître, elle était le fruit de longues années de réflexion.

***

AVALON

- Maintenant c'est toi et moi, ai-je dit à Avalon tandis que nous nous installions dans notre nouveau logis doté de deux chambres, surplombant le parc de Zaventem. Suffisamment proche de la capitale pour donner à ses habitants l'impression d'appartenir à une grande ville, mais baignant dans une verdure et une tranquillité que ses résidents ne quittaient guère que pour aller travailler, Zaventem se trouvait être par ailleurs l'endroit où j'avais grandi. Ce retour aux sources répondait à mon désir inconscient de redevenir celle que j'avais été dix ans plus tôt, et de reprendre ma route à partir de ce point.

Les premiers mois de ma nouvelle vie ont été marqués par le découragement. Tout ce que j'entreprenais se fracassait sur le mur de la malchance. J'ai commencé à me dire que cette idée de nouveau départ était ridicule. De toute évidence il était impossible de tourner la page et d'être véritablement heureux, même quand on avait, comme moi désormais, une conception plutôt minimaliste du bonheur. Cette fois, néanmoins, je ne pouvais m'en prendre qu'à moi-même. S'il y avait une issue à cette situation, c'était à moi, et à moi seule, de la trouver.

D'un autre côté, ma rupture avec Stephan avait sur Avalon un impact positif qui, à lui seul, justifiait largement cette expérience. C'était tout simplement la meilleure chose qui puisse lui arriver. Non seulement il s'est rapidement adapté, mais il a changé d'une façon que je n'aurais jamais pu imaginer. Je savais qu'il recherchait l'exclusivité, mais je n'avais jamais pensé qu'il s'épanouirait à ce point en voyant le monde s'évaporer ainsi autour de nous. Maintenant que nous étions seuls, je ne le reconnaissais plus.

D'abord, il a découvert le plaisir de jouer. Il avait à sa disposition un panier plein de jouets – balles, souris farcies d'herbe à chat, jouets sonores – auxquels il n'avait jamais touché et qui soudainement ont commencé à le passionner, comme s'il avait enfin découvert le verbe « s'amuser ». Son jouet favori était une roue violette en plastique contenant une balle. Il pouvait atteindre celle-ci en glissant sa patte dans les fentes situées au sommet et sur les côtés de la roue. Très vite, ce jouet l'a obsédé ; il était déterminé à extraire la balle d'une façon ou d'une autre. Quand il n'arrivait pas à l'attraper, il déclarait forfait et exprimait sa frustration par un grognement sourd.

Un autre de ses jeux préférés consistait à poursuivre un poisson accroché à une canne à pêche. Dans un premier temps, je bougeais lentement la canne de façon à ce qu'il puisse observer le poisson à loisir et préparer son attaque ; puis je tirais brusquement la canne vers moi, et la chasse au poisson commençait. Avalon devenait fou. Il adorait voir la canne planer au-dessus des meubles et disparaître derrière un angle.

Non loin de notre appartement il y avait un étang – et son inévitable colonie d'insectes. Cela ne pouvait qu'ajouter à l'excitation d'Avalon. Il n'a pas fallu bien longtemps avant qu'il ne devienne un maître dans l'art d'occire les mouches. Pour commencer, il suivait sa future victime du regard pendant quelques secondes ; les mouvements de ses pupilles démesurément dilatées se calquaient sur les déplacements erratiques de la mouche, et ses oreilles se dressaient aussi haut qu'il leur était possible. Rien ne pouvait le distraire. Son extrême tension donnait l'impression qu'il s'efforçait de déterminer le meilleur moment et la meilleure stratégie pour neutraliser sa proie. Quand enfin il donnait l'assaut, il abattait une patte sur le malheureux insecte et le gobait dans la foulée.

AVALON

Plus important encore, lui et moi sommes devenus plus proches que nous ne l'avions jamais été. Il me suivait comme un toutou de façon à se trouver toujours dans la même pièce que moi ; quand je prenais un bain, il glissait sa tête sous le rideau de douche pour se désaltérer ; quand je préparais le dîner, il jouait les goûteurs ; quand j'écrivais, il se promenait sur mon clavier ; quand je regardais un film, il se pelotonnait contre moi ; quand je lisais, il m'offrait sa patte comme signet. Il aimait particulièrement le moment où je gagnais ma chambre, que ce soit pour dormir, lire ou écrire ; il comprenait alors que nous allions passer plusieurs heures ensemble. A peine installée sur le lit, j'entendais le bruit de ses pas – *clip, clip* – sur le plancher derrière moi. Cet hiver-là nous avons passé le plus clair de notre temps au lit, blottis l'un contre l'autre, protégés du froid par d'épaisses couvertures.

Son sommeil était calqué sur le mien. Vous savez, lorsque vous ouvrez les yeux, le matin, pour vous assoupir à nouveau immédiatement – c'était le moment qu'Avalon choisissait pour me réveiller à grands renforts de ronrons et de coups de tête. Si j'avais le malheur de me rendormir, il me tapotait le visage jusqu'à ce que je lui accorde mon attention pleine et entière. Nous nous câlinions ainsi pendant dix minutes au moins avant que je ne me lève.

La nourriture n'était pas sa priorité numéro un. Dès mon lever je m'empressais de lui servir une pâtée de sa marque chérie, Almo Nature, mais avant de se diriger vers sa gamelle il m'attendait systématiquement sur le sofa pour m'offrir encore un peu d'amour ; c'est seulement quand je commençais à travailler sur mon ordinateur qu'il se décidait à manger. Une fois rassasié, il venait se blottir contre moi, en s'assurant que nos corps restent continuellement en contact.

Si j'osais m'éloigner un tant soit peu, il bougeait une patte dans ma direction pour m'inviter à me rapprocher de lui. Notre proximité physique était telle qu'il était difficile de nous voir comme deux êtres distincts.

Les rythmes de nos vies s'étaient ajustés l'un à l'autre. Nous étions complètement synchro. Nous allions même jusqu'à éternuer en même temps alors que, d'après les scientifiques, le rhume ne se transmet pas entre humains et félins. Cette nouvelle et profonde symétrie entre nous était incontestable.

Le voile sombre qui couvrait en permanence le regard d'Avalon autrefois avait cédé la place à une lueur de tendresse. Quand je l'embrassais, il affichait une expression à la fois satisfaite et blasée, comme s'il ne pouvait pas être plus heureux qu'en cet instant. Ses muscles et ses postures, jadis tendus, s'étaient décontractés. Maintenant qu'il connaissait l'amour exclusif, il avait le sentiment d'avoir trouvé sa place dans la vie. Il était enfin le chat qu'il était destiné à devenir.

De mon côté également, j'avais fait un pas vers la femme que j'étais appelée à devenir.

Bien de gens, quand ils se sentent mal-aimés, se tournent vers Dieu parce que la Bible leur assure qu'Il les aime comme s'ils étaient les seuls à avoir jamais compté à ses yeux. Quant à moi, je me suis tournée vers mon chat. Depuis ma naissance j'avais toujours été en quête d'amour et de reconnaissance, guidée par la croyance que je ne les obtiendrais l'un et l'autre qu'après avoir atteint cet état – imaginaire – de perfection. Pour la première fois de ma vie, j'avais trouvé l'amour inconditionnel. Quand les yeux de mon chat me disaient *Je t'adore*, je me sentais enfin appréciée telle que j'étais.

STRANGERS

Après avoir inauguré ma nouvelle vie en mars, j'ai publié mon premier roman, *Drowned Sorrow, en décembre.* Même s'il se rattachait clairement au genre « épouvante à suspense » – il racontait l'histoire d'une bourgade isolée où l'eau, devenue un être surnaturel, est capable de penser, de se mouvoir et de tuer –, il contenait de nombreux éléments qui avaient marqué ma vie d'autrefois, en particulier le sentiment d'être entravé par les êtres aimés et le fait de se cramponner à eux tout en rêvant de liberté.

Peu après sa publication, *Drowned Sorrow* a attiré l'attention de plusieurs réalisateurs. Il n'a pas fallu longtemps avant qu'il ne devienne un projet « en développement » ; d'après la rumeur, Drew Barrymore en personne devait le porter à l'écran.

Portée par ces succès professionnels et le bien-être que me procurait l'amour d'Avalon, je me suis finalement décidée à sortir et à fréquenter à nouveau mes semblables. Je n'avais plus honte de moi.

Le 18 avril, invitée au Festival international du film fantastique de Bruxelles, j'ai eu droit à ma première discussion publique, suivie d'une séance de dédicaces. Exactement un an auparavant, je m'étais promis de transformer ma vie avant

cet événement ; j'avais réussi au-delà de toute espérance.
Une étincelle d'électricité envoyait un frisson dans mes veines, si bien que je me suis autorisée à sourire. Enfin, j'avais l'impression de vivre et non plus seulement de survivre. Je ne pouvais m'empêcher de ressentir une immense gratitude envers la vie, pour toutes les joies qu'elle m'avait offertes ces derniers mois.

Après la séance de dédicaces j'ai rencontré Lucky McKee, dont j'étais fan depuis des années. J'aimais particulièrement son film *May*, sans doute parce que je me reconnaissais dans son héroïne et dans ses efforts pour se connecter à son entourage.

- Vous ressemblez à mon ex, a dit Lucky en guise d'introduction. Elle est morte.

Malgré ce moment quelque peu embarrassant, nous avons passé la nuit entière à parler de la solitude, de l'angoisse et des animaux.

Après le festival, Lucky m'a envoyé un email pour me dire combien il avait aimé *Drowned Sorrow*, qu'il avait lu dans l'avion qui le ramenait aux Etats-Unis.

- Je prépare actuellement une anthologie de nouvelles en collaboration avec Rue Morgue Magazine, m'a-t-il annoncé. Ce serait génial si tu pouvais nous envoyer un texte. Plusieurs auteurs bien connus sont impliqués dans ce projet...

En compagnie d'Avalon qui me suivait comme mon ombre, j'ai commencé à travailler sur *The Strangers Outside*, un récit de survie horrifique qui incluait une violation de domicile, des tueurs en habits de moine et un twist surnaturel.

Hélas l'anthologie n'a jamais vu le jour, et *The Strangers Outside* a pris des airs d'occasion manquée.

***

AVALON

Des mois plus tard, j'ai assisté à la première du film francophone *Combat avec l'ange*. Rien de bien glamour. La projection avait lieu dans un petit cinéma spécialisé dans les films indépendants.

- J'ai entendu dire que vous étiez la version féminine de Stephen King, m'a dit le monteur, Philippe Geus, tandis que nous dégustions du champagne et des toasts. J'adore Stephen King. Il faut vraiment que je lise *Drowned Sorrow*.

Il l'a lu, et quelques semaines plus tard il m'a appelée pour me dire qu'il voulait discuter avec moi d'une éventuelle adaptation.

Nous nous sommes donné rendez-vous sur la terrasse couverte d'un bar bruxellois. Le ciel avait pris une étrange teinte gris-olive, et une masse de nuages de mauvais augure se formait à plusieurs kilomètres à l'est. Tandis que la pluie se déchaînait sur l'auvent, nous avons évoqué nos inspirations et aspirations.

- Vous avez un texte dans la veine de *Drowned Sorrow* ? Quelque chose qui pourrait être adapté en court-métrage ? a demandé Philippe. J'aimerais passer derrière la caméra, mais je ne trouve pas d'histoire fantastique intéressante...

J'ai tout de suite pensé à *The Strangers Outside*.

- J'ai écrit une nouvelle pour un projet d'anthologie qui est tombé à l'eau...

- De quoi parle-t-elle ?

- C'est un *survival*. Deux sœurs qui se retrouvent piégées dans une maison isolée par des individus démoniaques déguisés en moines. Elles cherchent un moyen de s'enfuir alors que les moines les encerclent...

- Vous pouvez m'envoyer ça ? Ça pourrait m'intéresser.

Il m'a écrit deux, trois jours plus tard pour m'annoncer sa décision : *The Strangers Outside* allait devenir son premier film.

La phase de développement a commencé dès que j'ai donné mon feu vert. Nous avons passé les premières semaines à écrire et réécrire le scénario. Philippe voulant travailler avec l'acteur belge Pierre Lekeux, nous avons remplacé les deux sœurs par un infirme et sa fille. Cela impliquait une réécriture complète des dialogues, mais aussi du dénouement, celui de la nouvelle étant plus philosophique que visuel.

Après cela, la production a avancé à la vitesse de la lumière.

J'ai demandé à Philippe si Avalon pourrait faire un cameo dans le film ; je pensais à une brève séquence – une fraction de seconde – où on le verrait flâner près de la maison.

- J'ai une meilleure idée, a répondu Philippe. Et si on lui donnait un rôle ?...

Ses yeux se sont remplis de petites étoiles, comme ceux d'un gamin qui vient de recevoir le jouet de ses rêves.

- Avalon sera la première victime. Je veux le voir massacré par ces moines diaboliques...

UNE ETOILE EST NEE

Le tournage de *The Strangers Outside* a eu lieu en août et septembre 2010. Avalon a fréquenté le plateau pendant deux jours. Le décor : une cabane de vacances dans la forêt de Wavre-Sainte-Catherine, où les ombres prenaient vie pour danser avec les rares taches de lumière. Le site parfait pour un film d'horreur.

A l'extérieur, les techniciens préparaient le tournage, installaient les trépieds de caméra et les projecteurs. Un acteur habillé en moine fumait une dernière cigarette avant d'entrer en scène.

Deux grandes tables disposées à l'ombre proposaient en-cas et boissons aux acteurs et aux techniciens. Chaque bouteille d'eau portait le nom d'un membre de l'équipe ; Avalon en avait une pour lui tout seul.

Le félin était remarquablement à l'aise sur le plateau. Il a exploré la cabane pendant une demi-heure environ, reniflant les moindres recoins poussiéreux, avant de s'endormir sur un canapé.

Alors que tout le monde le cajolait et lui offrait à manger, Philippe a brièvement résumé la séquence telle qu'il l'imaginait.

- La caméra fixe Avalon qui est allongé sur la table basse.

A l'arrière-plan, à travers les fenêtres, on voit Pierre Lekeux et Iulia Nastase qui arrivent. Avalon les suit du regard tandis qu'ils s'approchent. Quand la porte d'entrée s'ouvre, il saute de la table pour les accueillir...
 - Impossible, ai-je réagi. Les chats sont comme les enfants, ils sont incontrôlables. Ton idée est très bonne, mais je pense que tu devrais prévoir une scène moins exigeante...

Apparemment je ne connaissais pas Avalon si bien que ça, car il a fait *exactement* ce que Philippe attendait de lui. La scène a été filmée plusieurs fois de suite, et il n'a jamais failli.

Dans une autre séquence, Avalon devait interrompre son dîner et lever brusquement les yeux avec une expression de panique. Son effroi semblait réel ; il était tout simplement parfait.

Assis à la table à manger, Pierre Lekeux regardait Avalon en secouant la tête, avec un mélange d'incrédulité et d'admiration.
 - J'ai besoin de vingt minutes au moins pour préparer une scène et intégrer un certain état d'esprit. Ce chat n'a besoin que de quelques secondes. C'est le meilleur acteur de ce film. Il est même meilleur que *moi*.

Il avait raison. Avalon avait ce talent – cette façon d'être particulière, soutenue par une parfaite conscience de son charisme. C'était un artiste-né. Une star en miniature.

***

Le lendemain nous nous sommes installés au cœur de la forêt, sous un ciel noir. Pas de projecteurs. Pourtant, Philippe tenait absolument à filmer Avalon en train de quitter la cabane par la porte principale. Craignant de ne jamais retrouver mon chat s'il filait dans les bois, j'ai tenté de

AVALON

dissuader Philippe.
- Réfléchis, m'a-t-il répondu. Avalon va être attaqué sous le porche. Si on ne le voit pas sortir, ce sera vu comme un faux raccord. On n'a pas le choix – cette scène est indispensable...
C'était tout à fait logique, bien sûr, mais cela n'a pas mis fin à mes inquiétudes maternelles.

A mon initiative, une dizaine de personnes équipées de grandes couvertures se sont postées autour de la cabane pour empêcher Avalon de quitter le porche et, si nécessaire, le rabattre vers la cabane.

Durant les premières prises j'ai frôlé plusieurs fois l'infarctus ; heureusement, Avalon comprenait parfaitement les instructions de Philippe. Dès que celui-ci criait « Cut ! », il regagnait tranquillement la cabane en me jetant un regard rassurant, du genre *De quoi tu as peur ? Je sais ce que je fais !*

Peu importe le nombre de prises, sa réaction était toujours la même.

L'équipe tout entière trouvait cela très amusant et saisissait toutes les occasions de filmer Avalon dans diverses poses : allongé, debout, flânant, bondissant. Avalon était toujours prêt à faire une démonstration de ses talents.

Quant à moi, je regardais tout cela avec une stupéfaction silencieuse.

***

Même les meilleurs acteurs ont parfois besoin d'une doublure. Personne n'avait envie de voir Avalon éviscéré et pulvérisé sur une vitre.

Avec la collaboration de Pascal Berger, le chef des effets spéciaux, Philippe a conçu une poupée à l'effigie d'Avalon et l'a remplie de tripes et de sang frais. C'est elle qui devait finir écrasée sur la fenêtre, les boyaux à l'air, éclaboussant généreusement les alentours.

Pour le public, la scène n'allait durer qu'une seconde. Pour l'équipe, elle a nécessité une nuit entière de tournage.

En fait, l'action se déroulait trop vite pour que l'on comprenne ce qui se passait. Quelle que soit la force avec laquelle les responsables des effets spéciaux fracassaient le faux Avalon, celui-ci ne restait jamais collé assez longtemps sur la vitre pour que la caméra puisse capter les détails de la scène. Après chaque prise, la poupée devait être nettoyée et farcie à nouveau d'hémoglobine et d'entrailles ; ce qui rallongeait considérablement la durée du tournage.

Au petit matin, enfin, l'équipe a obtenu le résultat qu'elle visait. Malheureusement, le scénario prévoyait une autre séquence délicate dans laquelle Pierre Lekeux fuyait les moines diaboliques en passant devant le faux Avalon ensanglanté, désormais méconnaissable.

- On aurait dû utiliser le vrai Avalon pour ces scènes gore, a râlé Philippe. Avec lui une prise aurait suffi, et le tournage n'aurait pas pris autant de retard !

**

La première de The Strangers Outside – rebaptisé *Strangers* – a eu lieu le 12 avril 2013 au Festival *Imagine* d'Amsterdam, aux Pays-Bas.

- Jette un œil à la page 26, m'a dit Philippe en me tendant le catalogue du festival.

Je m'attendais à trouver un simple résumé du film ; je vous laisse imaginer ma surprise quand je suis tombée sur une photo d'Avalon. L'équipe du festival avait choisi une capture d'écran montrant mon chat pour représenter *le film*

AVALON

dans son catalogue.

Mon félin préféré a fait un pas de plus vers la gloire quand le musicien et producteur Alex Corbi a utilisé des images de Strangers pour la vidéo d'une chanson intitulée – pour mon plus grand bonheur – Avalon.

Cela, bien entendu, n'a fait que décupler ma fierté.

AMOUR ETERNEL

Bien des gens sont soucieux de laisser une trace dans le monde, que ce soit par la création ou la procréation. En ce qui me concerne, je ne me suis jamais demandé si on allait se souvenir de moi après ma mort ou si mes histoires allaient me survivre ; et je ne me suis jamais inquiétée du fait que mes gènes allaient disparaître si je ne faisais pas d'enfant. Cependant, depuis qu'Avalon était devenu une star du septième art, je me réjouissais de voir les projecteurs braqués sur lui. Grâce à *Strangers*, une petite partie de lui, lumineuse, allait survivre ; lui et l'amour qui nous liait étaient désormais éternels.

Son nouveau statut de star reflétait également la façon dont je le voyais – sur un piédestal, auréolé de gloire et de lumière. C'est ainsi que j'exprimais mon admiration. Et lorsque le buzz autour de *Strangers s'est estompé, j'ai commencé à chercher de nouvelles façons de l'exprimer.*

Avalon était omniprésent dans les interviews que je donnais.

- Quelle est la seule chose dont vous ne vous séparez jamais ?
- Mon chat.
- Quelles sont les trois célébrités avec lesquelles vous

aimeriez passer du temps sur une île déserte ?
- Une seule : mon chat.
- Que serait votre principal motif de frime si vous aviez le permis de frimer ?
- Mon chat.
- Y a-t-il un sujet sur lequel j'aurais dû vous interroger et que je n'ai pas abordé ?
- Mon chat.

Avalon n'avait pas forcément besoin de moi pour se faire une place dans les médias. Quand on m'interviewait chez moi, il multipliait les singeries hystériques, bondissant sur les murs et les meubles comme une balle magique, quémandant l'attention par des chouineries, galopant en rond dans tout l'appartement, cassant le matériel des journalistes, offrant de mémorables imitations d'un diable de Tasmanie. Aux yeux des journalistes, ces fantaisies félines étaient plus amusantes qu'une conversation littéraire.

Lors d'une interview pour Radio 2, un reporter m'a demandé si, après *Strangers,* Avalon ferait d'autres apparitions dans mes histoires.

- Alfred Hitchcock apparaît dans chacun de ses films, ai-je répondu. Dans mon cas, ce n'est pas moi mais Avalon qu'on voit à l'écran.

En prononçant ces mots, j'ai compris que désormais mes histoires contiendraient toutes, au moins, un petit bout d'Avalon.

Peu après j'ai écrit deux courts-métrages, *Next to Her* et *GPS with Benefits,* qui incluaient Avalon d'une façon ou d'une autre. Dans *Next to Her*, un homme de 84 ans rend visite à sa femme qui vit ses derniers jours à l'hôpital. Le déjeuner est la seule chose qu'ils partagent encore quotidiennement ; mais

AVALON

ce jour-là, l'attention de la femme dérive vers le fantôme de son chat, Avalon, qu'elle voit déambuler dans sa chambre.

J'ai eu plus de mal à inclure Avalon dans *GPS with Benefits*. Dans ce film, un homme teste un nouveau type de GPS qui le punit à chaque fois qu'il commet une erreur. Toutes les scènes se déroulant dans une voiture, j'ai demandé au réalisateur d'insérer une photo d'Avalon dans une affiche publicitaire qui distrait le conducteur.

Dans ces deux films, Avalon n'était qu'un personange secondaire ; je rêvais d'écrire une histoire où il tiendrait le premier rôle. Cette ambition ne collait pas vraiment avec mes thrillers surnaturels, mais je me disais que, si Dean Koontz et William Burroughs avaient consacré des textes à leurs compagnons à quatre pattes, je pouvais le faire aussi.

J'avais entrepris de développer un projet de film intitulé *Santa Claws*, une sorte de *Maman, j'ai raté l'avion avec des chats*. J'avais inclus Avalon dans toutes les séquences, mais pour être honnête, je savais qu'un tel projet serait compliqué à financer et à monter en Belgique. Même s'il finissait par aboutir, il y avait peu de chances qu'Avalon se retrouve en haut de l'affiche ; il y avait trop de décideurs impliqués.

Tandis que je cherchais fiévreusement des moyens d'immortaliser Avalon, de nouvelles perspectives ont germé dans mon esprit, m'entraînant au-delà des frontières du cinéma. L'idée m'est venue d'adapter certaines scènes de *Santa Claws* en petites bandes dessinées. L'inspiration était là, mais je n'avais pas assez de talent pour illustrer ces histoires.

Quand j'ai annoncé que je recherchais un illustrateur, on m'a très vite présenté Allan Beurms. Les exemples d'illustrations qu'il m'a fait voir étaient adorables et correspondaient tout à fait à ce que j'avais en tête.

Deux mois plus tard, le 13 décembre, Allan et moi avons tâté le terrain en publiant quelques *cartoons* d'Avalon sur un blog. Le premier était *Shark Attack*, une petite BD très amusante où Avalon rêvait de manger du requin dans un restaurant. Vêtu d'une combinaison de plongée, il s'immergeait dans un aquarium... et devenait la proie du squale qu'il convoitait.

En quelques mois seulement, plus de dix mille visiteurs sont devenus des fans de nos bandes dessinées. Ils nous envoyaient des lettres d'amour allant du simple *I love you, Avalon* à des textes plus élaborés évoquant leur obsession pour mon chat. Désormais, les cartes de Noël n'étaient plus adressées à moi mais à Avalon. C'était exactement ce que je voulais.

***

En janvier j'ai été contactée par les organisateurs du *Dijlelanddag*, un événement local annuel comprenant des concerts, des spectacles de cirque, des promenades guidées, des lectures publiques et des dégustations de produits locaux. Ils avaient lu un article évoquant mon œuvre dans un magazine belge, et souhaitaient que j'écrive un conte d'épouvante pour enfants dont je pourrais faire la lecture lors de la prochaine édition du *Dijlelanddag*.

- Nous aimerions beaucoup qu'Avalon assiste à cette lecture, a précisé un organisateur. Il est très populaire ; les enfants l'adoreront...

Ma réaction a été celle d'une mère poule.

- D'accord... à condition que sa sécurité et son bien-être soient prioritaires. Il faudra prévoir de l'eau fraîche, de la nourriture, et un endroit où il ne pourra pas se perdre dans

AVALON

la foule.
- Il sera traité comme un roi.
Ils ont tenu parole.
Le Dijlelanddag a eu lieu le 29 mai dans le parc Jan van Ruusbroec à Hoeilaart. C'était un jour particulièrement chaud pour cette période de l'année ; le trajet en voiture a été une torture pour Avalon. Assis sur mes genoux sur le siège passager, il haletait et suait à grosses gouttes sous les vagues d'air chaud venues de la fenêtre entrouverte. Comment avais-je pu seulement envisager de l'emmener avec moi ?...
Sur place, j'ai tout de suite demandé qu'on m'apporte un bol d'eau fraîche. Par chance, il régnait une température bien plus douce dans la chapelle du XVe siècle, rattachée à un château, où je devais faire ma lecture ; si bien qu'Avalon a retrouvé ses forces en un clin d'œil.
La chapelle répondait aux exigences de sécurité que j'avais exprimées. Elle était petite, mais assez spacieuse pour abriter une trentaine d'enfants ; Avalon pouvait s'y déplacer librement sans risquer de s'égarer. Si quelqu'un voulait entrer, il devait d'abord s'assurer que le félin se trouvait dans son sac de transport.
A peine arrivé, Avalon a entrepris d'explorer le site à son rythme tandis que je procédais à une première lecture privée pour m'entraîner. Le texte que j'avais choisi racontait l'histoire d'une fillette qui reçoit chaque nuit la visite d'un fantôme malveillant. Avalon, son chat, la protège en tenant le spectre à distance. Un jour, les parents, las des « cauchemars » de leur fille, décident d'enfermer le chat dans une autre pièce pour la punir – et la condamnent ainsi à mort.
Juste avant l'arrivée du premier groupe d'enfants, à 14h30, j'ai placé Avalon dans son sac. Une fois les enfants installés, j'ai fermé la porte derrière eux et Avalon a retrouvé

sa liberté de mouvement.

En général les animaux domestiques n'aiment pas « travailler » ; mais, comme sur le tournage de *Strangers*, j'ai compris, à son langage corporel, qu'Avalon approuvait cette performance publique.

Dès qu'il a remarqué l'intérêt dont il était l'objet, Avalon a pris la pose. Avec sa truffe fièrement dressée et ses pattes étendues devant lui, il ressemblait à une top-model débutante s'efforçant de paraître sexy.

Les enfants l'ont accueilli comme une célébrité, s'extasiant sur sa beauté, caressant sa fourrure soyeuse. Quant à lui, il savourait littéralement leur attention. Une fois de plus, il montrait à quel point il avait besoin d'être aimé.

Après une enfance difficile qui l'avait confronté à l'indifférence voire à la haine, il tenait enfin sa revanche – il était maintenant une star que tout le monde admirait.

COMMUNICATION

Les gens qui n'ont jamais eu d'animal de compagnie disent souvent que la communication entre humains et chats est impossible, et que le fait de vouloir comprendre ces créatures n'est qu'une forme d'anthropomorphisme. Même si je n'ai jamais eu de discussion scientifique avec Avalon, je peux affirmer que nous avons tous les deux appris à nous comprendre sur des sujets importants. Les nombreux signaux qu'il émettait me disaient quand il avait faim, dans quelle humeur il était, et ce dont il avait besoin à tout moment.

Bien plus bavard que les autres chats que j'avais connus, Avalon utilisait une large gamme de miaulements sonores pour exprimer ses frustrations, ses émotions et ses désirs. Dès ses premiers jours chez moi, il avait ajouté à ma vie une bande-son continue. Il était incapable de se taire, même quand il dormait. Quand il faisait un cauchemar – sans doute se voyait-il en guerre avec d'autres félins sollicitant mon attention –, il grommelait et crachait, ses pattes se crispaient et ses épaules tressaillaient.

Avant d'adopter Avalon, je regrettais que Ballon et Tigris soient si peu communicatifs ; à présent je savourais la moindre minute de silence. Alors que Ballon et Tigris ne s'exprimaient que par des gazouillis, Avalon puisait dans une gamme de sons complexes, perfectionnant sans cesse son art de la conversation. Une série de *mrow, mrow, mrow* atones signifiait *Fichez le camp, hors de ma vue !* Elle ne s'arrêtait pas avant que mes visiteurs s'en aillent. En général, elle suffisait à les agacer prodigieusement.

Un miaulement implorant voulait dire *Je veux des câlins*, tandis qu'un miaulement similaire mais légèrement prolongé signifiait *Je veux des câlins au lit.* Un petit gazouillis plaintif aux allures d'interrogation résonnait à mes oreilles à chaque fois que j'enfilais mon manteau pour sortir ; mais quand je rentrais chez moi, j'étais toujours accueillie par une cascade de *miaou* pleins de joie, à moitié étouffés. Un *mia-ouuu* perçant et obstiné annonçait une nausée imminente.

Très irascible, Avalon avait mis au point un son particulier – un long grognement caverneux – pour exprimer sa frustration lorsqu'il trébuchait ou échouait à attraper un jouet ou une mouche ; mais c'est en sortant de sa litière qu'il émettait les grondements les plus sonores et les plus gutturaux. Une fois ses intestins vidés, il galopait ventre à terre dans tout l'appartement en hurlant comme un diable de Tasmanie. Un spectacle fascinant pour mes visiteurs.

De toutes ses manifestations sonores, ma préférée était la bruyante et interminable série de roucoulements qu'il produisait quand il était follement heureux, par exemple lorsque je lui apportais un pot d'herbe à chat bien fraîche, lorsque mes invités s'en allaient ou que je gagnais ma chambre pour me coucher – ce qui lui promettait un long moment d'intimité avec moi.

Ce n'était pas tout : Avalon connaissait quelques mots de français. Certes, ce n'était que des miaulements bien détachés qui, par le plus grand des hasards, ressemblaient à

AVALON

du français, mais cela ne manquait jamais d'épater les gens. Par exemple, quand il avait faim, ses miaulements évoquaient étrangement les cris d'un petit Français appelant sa mère – *Maman, Maman, Maman* ; ce qui poussait mes amis et les membres de ma famille à s'exclamer :
- Ton chat te prend pour sa mère ?...

Il m'arrivait de sortir de la cuisine avec un bol plein de pâtée et de demander :
- Qui veut manger ?[1]

Avalon me répondait en s'approchant :
- Moi. Moi. Moi.

Par ailleurs, ce chat était une vraie *fashionista*. Quand je lui demandais :
- Comment tu trouves ma nouvelle robe ?...

Il me répondait :
- Wow...

Tout cela me rappelait une scène du roman de Dean Koontz *A Big Little Life, où la chienne de l'auteur, Trixie, lance un Baw* ! (phonétiquement proche de *ball*) à chaque fois qu'elle passe devant un court de tennis et se désole de ne pas pouvoir jouer avec la balle.

En fait, Avalon n'avait pas besoin de parler pour exprimer clairement ses demandes. Comme dans un vieux couple, chacun était capable de terminer les phrases de l'autre et de deviner ses pensées.

✢✢✢

Quelques mois après le tournage de *Strangers*, j'ai senti

---

1   En français dans le texte.

qu'Avalon n'allait pas bien. J'ignorais sur quoi se fondait cette intuition. Son regard était plein de vie, sa fourrure était brillante, son corps bien ferme, sa vitalité intacte ; par ailleurs il mangeait et buvait tout à fait normalement. Rien qui ne sorte de l'ordinaire. Malgré cela, l'idée qu'il était malade me poursuivait. Ce n'était peut-être que la conséquence du manque de sommeil, une fantaisie de mon imagination, ou la peur inconsciente de perdre mon compagnon bien-aimé. D'un autre côté, le lien privilégié qui m'unissait à Avalon me permettait peut-être de remarquer de minuscules changements qui échappaient à mon esprit conscient.

J'ai amené Avalon à la clinique vétérinaire pour en avoir le cœur net.

HYPERTHYROÏDIE

Comme la plupart des chats, Avalon n'était pas exactement un patient docile. Quand un technicien de la clinique a voulu lui prélever un échantillon de sang, les choses ont rapidement dégénéré ; il s'est mis à grogner, à crier, à cracher, à distribuer de violents coups de griffe tous azimuts. Incapable de maîtriser seul ce fauve incontrôlable, le technicien a quitté la pièce pour solliciter l'aide d'un collègue.

Celui-ci a enfilé une paire de gants en caoutchouc épais en pensant naïvement qu'elle ferait l'affaire ; mais quand les griffes d'Avalon ont frôlé sa joue de quelques centimètres, son attitude confiante a cédé la place à des regards anxieux.

Un quart d'heure plus tard, pas moins de six vétérinaires équipés de couvertures et de gants de protection étaient mobilisés pour mater le félin et tenter de lui administrer un calmant. Sans succès.

- Ce chat a plus besoin d'eau bénite que de tranquillisant, a commenté l'un d'eux.

Une scène de *L'Exorciste* m'est venue à l'esprit – celle où la petite Regan, possédée par le Malin, attachée à son lit et secouée de violentes convulsions, est aspergée d'eau bénite par des prêtres. Le spectacle auquel j'assistais présentement dans cette clinique n'était pas très différent.

Finalement, l'un des vétérinaires est parvenu à injecter le calmant à Avalon, qui a bien voulu s'endormir. Un bruyant soupir a résonné dans la salle, exprimant le soulagement général.

- Est-ce qu'Avalon a déjà été testé pour une hyperthyroïdie ? a demandé le vétérinaire en chef.

- Pas à ma connaissance. J'ai amené tout l'historique de ses examens sanguins.

Je lui ai tendu l'historique en question. Il l'a étudié pendant quelques minutes.

- En effet, a-t-il constaté, il n'a jamais été testé.

- Quels sont les symptômes ?

- Perte de poids... agitation... soif excessive... mictions fréquentes... nausées... diarrhées... difficultés à respirer...

- Il n'a rien de tout ça. Enfin... il vomit et urine beaucoup, mais il a toujours fait ça.

- Au début on ne remarque pas forcément ces symptômes. Vu son âge, il n'est pas du tout à l'abri. En fait, l'hyperthyroïdie est une des maladies les plus communes chez les chats âgés. Elle peut également affecter son cœur et ses reins.

- Il n'est pas si âgé que ça, ai-je protesté.

- Chez les chats, l'hyperthyroïdie se déclare à 13 ans en moyenne.

- Il n'a que 11 ans.

- Non, il en a au moins deux de plus.

- Comment le savez-vous ?

- Son regard est terne et ses membres sont rigides.

- Quand je l'ai trouvé, un vétérinaire m'a dit qu'il avait à peu près un an et demi. Donc il doit avoir 11 ans aujourd'hui.

- L'âge est difficile à déterminer, on ne peut faire qu'une estimation. Je dirais que ce chat a *au moins* 13 ans.

AVALON

Si je me fondais sur la célèbre théorie selon laquelle un an pour un humain équivaut à sept ans pour un chat, Avalon avait donc 91 ans. Une autre théorie, plus rassurante, disait que les deux premières années d'un chat équivalaient à vingt-quatre années humaines, et chacune des suivantes à quatre années humaines ; si c'était vrai, Avalon n'était pas encore septuagénaire.

Quoi qu'il en soit, je risquais de le perdre plus vite que prévu – dans les tout prochains mois peut-être. Je ne pouvais rien faire, à part retarder ce moment en lui assurant les meilleurs soins possibles.

- Le test T-4 requiert un échantillon de sang à part, a dit le vétérinaire. Il vaut mieux le prélever tant que votre chat est endormi.

J'ai acquiescé.

Après ce nouveau prélèvement, le technicien a procédé à une deuxième injection pour tirer Avalon de son sommeil artificiel. Peu après, il s'est réveillé et nous sommes partis.

Arrivée chez moi, j'ai doucement invité Avalon à s'extraire de son sac. Encore dans les vapes, il a fait quelques pas en titubant comme un ivrogne avant de s'effondrer. Je l'ai pris dans mes bras et l'ai déposé sur le lit, où je l'ai cajolé pendant plusieurs heures, jusqu'à ce qu'il ressuscite complètement. Un rayon de soleil printanier s'est glissé dans la chambre pour réchauffer nos corps enchevêtrés.

Il ne restait plus qu'à attendre les résultats du labo.

✦✦✦

Huit jours plus tard, le vétérinaire m'a appelé pour me confirmer qu'Avalon souffrait d'hyperthyroïdie.

Jusque-là, je pensais qu'Avalon resterait en bonne santé si je le nourrissais sainement et prenais soin de lui. Je lui donnais des pâtées bio, lui évitais les traitements médicaux superflus, m'assurais quotidiennement qu'il avait de l'eau fraîche, et lui offrais tout l'amour dont il avait besoin. Tout cela ne l'avait pas empêché de s'affaiblir et de tomber malade. En avais-je vraiment fait assez ? Etais-je d'une façon ou d'une autre responsable de sa maladie ?

Je n'avais pas l'intention de laisser l'hyperthyroïdie abréger notre vie commune.

Au fil de ma vie, j'avais rencontré plusieurs chats qui avaient allègrement franchi le cap des 20 ans. J'avais même connu un chat de 22 ans atteint du VIF[2] ; aussi maigrichon qu'il fût, il ne semblait pas connaître d'inconfort particulier. S'il avait pu vivre aussi longtemps, il n'était pas impossible qu'Avalon, avec mon aide, dépasse la longévité féline moyenne. Après tout, à bien des aspects il était au-dessus de la moyenne.

La presse, par ailleurs, regorgeait d'histoires de chats défiant les statistiques. Née le 3 août 1967, la chatte Crème Puff avait quitté ce bas monde 38 ans et 3 jours plus tard, le 6 août 2005. Pinky, née en 1989, était toujours en vie aujourd'hui, après avoir survécu au cancer et subi l'amputation d'une patte.

Convaincue que n'importe quelle maladie était gérable avec un bon bagage de connaissances et un plan bien conçu, j'ai passé les semaines suivantes à chercher et à lire toute la littérature disponible sur l'hyperthyroïdie. Informations médicales, faits, opinions, résultats de tests... je voulais tout

---

2   V*irus* de l'immunodéficience féline, équivalent du VIH chez les félins.

AVALON

savoir. Sauver Avalon – tel était désormais ma mission, le nouveau centre de mon univers. Avant tout, je voulais comprendre comment Avalon avait pu contracter cette maladie.

D'après mes informations, les produits chimiques étaient les premiers suspects ; et parmi eux, les ignifugeants figuraient en tête de liste. Il y avait en tout cas un parallèle troublant entre leur intégration graduelle dans les moquettes, les rembourrages et les matelas et la progression de l'hyperthyroïdie dans la population féline. Cela pouvait expliquer pourquoi cette maladie était plus fréquente chez les chats d'intérieur. Les appareils électroniques, les vaccins, les rayons UV, le poisson, les fruits de mer, le maïs et le blé étaient, eux aussi, fréquemment mentionnés comme de possibles causes de l'hyperthyroïdie.

Je me suis renseignée autant que j'ai pu sur les traitements traditionnels et alternatifs : hormones, iode radioactif, ablation de la glande thyroïde, champs *électromagnétiques pulsés*, acupuncture, techniques de libération émotionnelle, aliments crus, compléments alimentaires à base de safran, de Coenzyme Q10, de vinaigre de cidre, de gelée royale ou de jus d'aloe vera.

Les traitements traditionnels étant réputés dangereux et les remèdes alternatifs inefficaces, j'ai sollicité les avis de quatre vétérinaires à ce sujet. Il s'est avéré qu'ils avaient tous une opinion différente.

Le vétérinaire qui avait diagnostiqué l'hyperthyroïdie m'a recommandé un traitement hormonal. J'étais sceptique : les produits chimiques n'étaient-ils pas, vraisemblablement, à l'origine de la maladie ? Etait-il bien raisonnable d'en administrer encore plus à Avalon ? Ce spécialiste m'a par ailleurs déconseillé de recourir aux aliments crus ; d'après lui, ce type de régime était plus riche en iode que les croquettes ou la nourriture en boîte et risquait par conséquent de stimuler encore plus la thyroïde.

Le premier vétérinaire d'Avalon, le docteur Henri, pensait qu'il valait mieux procéder à l'ablation de la glande malade. Le troisième spécialiste consulté était d'un tout autre avis : selon lui, Avalon avait le cœur trop fragile pour survivre à cette intervention.

- Ni médicaments, ni chirurgie, a décrété le quatrième et dernier vétérinaire que j'ai sollicité. Ça le tuerait. Un régime cru, enrichi en vitamines et en extraits de plantes, fera l'affaire. Ça renforcera son système immunitaire et ça devrait être suffisant pour enrayer la maladie...

Avec tous ces points de vue contradictoires, je ne savais pas quoi faire ni qui croire. Je voulais contrôler la situation, mais plus je m'informais, plus il devenait clair que je n'avais aucune prise sur la maladie. Je voulais protéger Avalon, mais je ne voyais plus que le danger qui le menaçait. J'ai décidé de me fier à mon intuition et de faire ce qui me semblait juste.

Après mûre réflexion, j'ai opté pour un compromis : je donnerais à Avalon une pilule hormonale par jour – une moitié le matin, l'autre le soir –, mélangée à de la viande crue et à divers compléments en rotation : levure de bière, extraits de pépins de pamplemousse, safran, Coenzyme Q10, Omega 3, sirop de sureau, vinaigre de cidre, herbe d'orge et probiotiques.

J'ai également envisagé certains traitements alternatifs tels que l'acupuncture et le reiki, mais aucun praticien ne se déplaçait à domicile, et je ne voulais pas stresser Avalon en lui imposant une sortie chaque semaine.

***

AVALON

Un mois après le diagnostic, j'ai pris rendez-vous à la clinique pour un nouveau check-up sanguin. Espérant épargner à Avalon une deuxième sédation lourde, j'ai demandé au vétérinaire s'il existait une solution alternative pour l'endormir, suite à quoi un technicien m'a remis une pilule de tranquillisant que je devais administrer au félin vingt minutes avant le rendez-vous. Ce procédé était réputé moins nocif qu'une sédation complète.

Dix minutes après avoir avalé la pilule, Avalon a commencé à montrer des signes de faiblesse. Planté au milieu du couloir, il me fixait de ses grands yeux terrifiés, babillant pour attirer mon attention. Il s'est dirigé vers moi en chancelant mais s'est affaissé sur ses pattes après deux, trois pas prudents. Il n'a même pas protesté quand je l'ai soulevé pour le placer dans son sac de transport.

Le vétérinaire a semblé soulagé quand je lui ai dit qu'Avalon était déjà sédaté. L'idée que ce fauve insolent se montre si gentil et docile avec moi m'a fait sourire ; mais ce sourire a rapidement disparu quand j'ai réalisé que, contre toute attente, le tranquillisant avait échoué à neutraliser Avalon. Une fois encore, une sédation complète et le renfort de plusieurs techniciens se sont avérés nécessaires.

Cela ne pouvait pas continuer comme ça. Je craignais que ces consultations musclées à la clinique ne finissent par être fatales à Avalon.

Par chance, les nouvelles analyses ont montré que mon traitement fonctionnait et que l'hyperthyroïdie était désormais sous contrôle. Avalon n'avait plus besoin de revenir à la clinique avant six mois voire un an.

Tout cela, néanmoins, m'avait fait comprendre qu'Avalon avait une date d'expiration et que notre amour ne durerait pas éternellement. Ce qui n'était qu'une perspective lointaine il y a peu de temps encore était maintenant une réalité proche, presque palpable. Il me semblait que vingt-quatre heures à peine s'étaient écoulées depuis qu'Avalon était entré dans ma vie, tout jeune encore. Et pourtant, c'était bel et bien un vieux chat qui partageait mon quotidien aujourd'hui ; nous étions probablement en train de vivre nos dernières années de vie commune.

Cette prise de conscience m'a poussée à exprimer pleinement mes sentiments à Avalon, comme si ma dévotion, jusque-là, était restée en sommeil. Son besoin d'affection était tel qu'il absorbait mon amour comme une éponge. L'amour qu'il me donnait en retour – et au centuple – amplifiait le mien, le transformant en véritable adulation. Nous étions pris dans un cercle vicieux dont nous n'avions nullement envie de sortir. Bientôt nous sommes devenus littéralement inséparables, comme si un ruban adhésif invisible nous soudait l'un à l'autre. Nos âmes n'en faisaient plus qu'une.

En m'occupant de ce chat, j'avais le sentiment d'accomplir la seule et unique tâche qui justifiait mon existence. Une tâche aussi facile, aussi évidente que respirer.

- Promets-moi que tu resteras avec moi longtemps encore...

J'étais prête, et même tout à fait encline, à échanger mon bonheur contre quelques années de cohabitation supplémentaires avec Avalon.

Ce n'était pas un vœu très réaliste ; et pourtant, il s'est bel et bien réalisé.

GRAND-PERE

Je savais qu'Avalon et moi formions une équipe indestructible et que nous partagions une complicité absolument unique dans une vie. Ce que j'ignorais, c'est que cette complicité pouvait encore se renforcer, et qu'Avalon était sur le point de devenir la pierre angulaire de ma vie dans un contexte particulièrement compliqué.

Quand on a diagnostiqué à mon grand-père un cancer du côlon avec des métastases dans le foie, l'évolution de sa maladie, étant donné son âge, était hélas tout à fait prévisible. Tout naturellement, j'ai décidé d'assurer son bien-être autant que possible et de l'accompagner lors de ses séances de chimiothérapie à l'hôpital.

Je lui devais bien ce soutien émotionnel. Les vacances que nous avions passées ensemble, nos dîners au restaurant, son amour du bon vin m'avaient appris à apprécier les petites choses de la vie. Mon grand-père m'avait également initié à l'art du *storytelling* en inventant ses propres histoires de Laurel et Hardy, qu'il me racontait au moment du coucher quand j'étais gamine.

Les premiers mois, mon grand-père semblait encore suffisamment robuste pour combattre la maladie, mais, vers la fin de l'année, l'étincelle qui brillait dans son regard a commencé à s'éteindre au rythme où les illuminations de Noël envahissaient les rues. Alors que, quelques mois auparavant, il ressemblait encore à un jeune Vincent Price, il n'était plus qu'un vieil homme fané, à la merci de la Nature.

Ce n'était pas le cancer qui l'affaiblissait, mais la chimiothérapie, qui le tuait à petit feu en même temps qu'elle détruisait ses cellules malades. C'était comme une compétition où le plus fort l'emporterait ; et le plus fort, dans le cas présent, c'était la chimio. Je craignais que mon grand-père ne voie pas la nouvelle année si on s'obstinait à lui administrer ces substances.

J'ai prié l'oncologue de revoir son traitement, et dans l'heure suivante son équipe l'a installé dans une chambre avec l'objectif de reconsidérer la stratégie thérapeutique et d'examiner d'autres possibilités.

A peine entré dans cette chambre, mon grand-père, parfaitement sain d'esprit jusque-là, a été pris d'hallucinations ; apparemment, cela arrive à certains patients âgés lorsqu'ils sont confrontés à un changement de décor. Il a vu les esprits de son chien et de sa sœur décédés, et a répété le nom de son programme TV préféré pendant vingt minutes au moins. Mais il a surtout pleuré, car il pensait être retenu en otage et voulait rentrer chez lui.

Chaque jour passé à l'hôpital était pire que le précédent.

Cinq jours plus tard, j'ai pris une nouvelle décision.

- Je vais le ramener à la maison.

- Le docteur a dit qu'il devait passer d'autres examens, a objecté ma grand-mère. Il doit rester à l'hôpital au moins jusqu'au week-end.

- S'il reste là-bas, il mourra avant le week-end.

Elle a secoué la tête.

- Je n'écoute que le docteur.

AVALON

- Tu ne vois donc pas que son état s'aggrave ? S'il ne rentre pas aujourd'hui, il ne rentrera plus !
- Et qu'est-ce que je ferai s'il meurt ? Je ne veux pas être seule avec lui quand ça arrivera.
Je savais qu'il voulait mourir chez lui.
- Nous devons respecter sa volonté. Je serai là tous les jours. Je m'arrangerai pour qu'il ait un lit médicalisé, des soins à domicile et tout le reste, mais *s'il te plaît*, ne le laisse pas à l'hôpital !
- Tu me le promets ?
- Je te le promets.
Peu après, nous avons rencontré l'oncologue pour passer toutes les options en revue.
- La chimiothérapie a stoppé la progression de la maladie mais ce ne sera pas suffisant pour permettre une rémission, a dit le médecin avec cette politesse qu'on réserve aux moments graves. Le mieux serait d'enlever la tumeur et les tissus environnants, dans l'intestin et dans le foie.
- Cela représente la moitié des deux organes, n'est-ce pas ?
L'oncologue a hoché la tête.
- Quelles seraient ses chances de survie après cette opération?
- Environ 15%.
- Quel est son état de santé actuellement ?
L'oncologue a réfléchi un moment avant de botter en touche.
C'est la seule façon d'en finir avec cette tumeur.
- Mais cette opération risque de le tuer...
Nouveau silence.
- Oui.
Ma grand-mère est intervenue.

- Si vous ne l'opérez pas, combien de temps vivra-t-il encore ?...
- Peut-être quelques mois. Plus probablement quelques semaines. Difficile à dire. Je vous propose de discuter de tout cela entre vous. Vous me direz ensuite si vous êtes prêtes à assumer le risque d'une opération ou si vous préférez profiter au maximum du temps qu'il vous reste à passer ensemble...

Nous avons quitté l'hôpital dix minutes plus tard, ma grand-mère et moi encadrant et soutenant mon grand-père.
- Alors, qu'est-ce qu'on fait maintenant ? a demandé ma grand-mère.

J'ai regardé mon grand-père.
- Papy, c'est à toi de décider si tu veux te faire opérer ou non.
- Tout ce que je veux, a-t-il répondu, c'est passer le plus de temps possible avec vous.

Là, devant l'entrée de l'hôpital, nous nous sommes étreints mutuellement, en larmes.

Désormais, nous allions savourer le peu de temps qu'il nous restait à vivre ensemble.

***

J'ai acquis tout l'équipement médical qui devait nous permettre de nous occuper de mon grand-père à domicile. Cela incluait un lit médicalisé, un matelas anti-escarres et un fauteuil roulant. Je me suis également assuré qu'une infirmière viendrait quotidiennement prodiguer les soins nécessaires. C'était beaucoup de travail, mais si cela pouvait nous permettre de passer un dernier Noël ensemble c'était amplement justifié.

Nous avons passé le réveillon tous les trois ensemble.

AVALON

Le petit classique de Bobby Vinton *My Christmas Prayer* résonnait dans le salon décoré pour l'occasion. Mon grand-père a fermé les yeux pour savourer ce moment. Il nous a dit que cette chanson était magique. Je me suis demandé quelle place pouvait avoir la magie dans une maison où planaient le désespoir et le spectre de la mort.

Après un dîner festif, nous nous sommes réunis devant l'âtre pour regarder deux des films préférés de mon grand-père, *Top Gun* et *Maman, j'ai raté l'avion*. Il rayonnait de bonheur.

***

Contre toute attente, mon grand-père a survécu aux deux semaines d'espérance de vie que les médecins lui avaient prédites. Son transfert à domicile lui avait littéralement sauvé la vie. Toutefois, sa santé restait précaire. J'essayais de passer le plus de temps possible avec lui tout en aidant ma grand-mère dans les lourdes tâches quotidiennes qu'elle ne pouvait assumer seule : lessives, préparation des repas, organisation des rendez-vous médicaux, courses alimentaires, achats de médicaments, démarches auprès de la Sécurité sociale.

Avant tout, je m'efforçais de soulager mon grand-père du fardeau de son destin en lui offrant des moments de beauté et de plaisir par le biais de la musique, du vin, de pâtisseries, de souvenirs communs. Peut-être n'étais-je pas suffisamment armée pour faire face au voile sombre de la maladie.

Les pesantes responsabilités qui pesaient sur mes épaules et celles de ma grand-mère n'étaient pas sans conséquences sur notre santé mentale et physique. Quotidiennement confrontée à sa propre impuissance, ma grand-mère se montrait de plus en plus dure avec son mari et le rendait responsable de son malheur. Quant à moi, ne voulant pas causer davantage de souffrances, je gardais mes émotions pour moi, ce qui se traduisait par des crises de nausées et des syncopes à répétition.

S'occuper de quelqu'un dont l'état de santé exige une constante attention peut être très destructeur ; mais nous ne parlions jamais de cela. Nous ne pouvions décemment pas exprimer notre lassitude alors que le sort de la personne que nous aidions était bien pire que le nôtre. Notre dévouement n'était pas aussi beau qu'on pouvait le croire. Nous ne pouvions tout simplement pas continuer comme ça. D'un autre côté, comment pouvions-nous espérer une délivrance si celle-ci impliquait la mort de mon grand-père ?...

Contrairement à ma grand-mère, cependant, je pouvais m'évader. Chaque nuit, de retour chez moi, gelée et exténuée, je m'asseyais sur le canapé, dans la pauvre lumière des reverbères qui baignait mon salon, et pleurais. Et chaque nuit, Avalon venait se blottir contre moi. Debout, il glissait ses pattes autour de mon cou, approchait sa petite tête de la mienne et la frottait contre mon visage. Il restait aussi longtemps que j'avais besoin de lui, comme s'il savait précisément ce qui se passait et ce que j'attendais de lui. Au bout d'un moment il se dégageait, donnant l'impression qu'il voulait s'éloigner, puis balayait mes larmes à coups de langue – autant de petits baisers qui chassaient petit à petit mon chagrin. Sa douceur m'arrachait des sourires.

- Merci d'être là, lui chuchotais-je à l'oreille. Je ne sais pas ce que je ferais sans toi.

Très souvent, un appel de ma grand-mère interrompait ce moment d'intimité ; mon grand-père était tombé de son lit et elle avait besoin d'aide pour le recoucher.

La neige, implacable, me faisait plier l'échine tandis

AVALON

que je parcourais en sens inverse le trajet que j'avais fait quelques heures plus tôt, ma tristesse laissant à chaque pas une empreinte plus profonde. Parfois, je me disais que j'avais fait tout ce qu'il m'était possible de faire et que je devais maintenant faire preuve d'égoïsme pour survivre ; mais quand, en arrivant, je découvrais mon grand-père en pleurs, si heureux de me revoir, je ressentais une fois encore toute l'intensité et l'importance de mon engagement.

Si je tenais le coup, c'était grâce à Avalon ; je savais que je le retrouverais en rentrant chez moi. Notre appartement était notre refuge contre la dureté du monde, un havre de lumière aux antipodes de la sombre caverne qu'était devenue la maison de mes grands-parents. Aussi profond que soit mon désespoir, lorsque je retrouvais Avalon je me sentais plus puissante que la plus riche des reines. Aussi insondable que soit mon chagrin, à chaque fois que je regardais mon chat dans les yeux je pensais *Je suis heureuse parce que tu es là*.

VAMPIRES

L'année suivante, quelques jours après Noël, j'ai dîné chez l'acteur Pierre Lekeux et sa femme Renata. Quelques auteurs et réalisateurs étaient également présents. Bien que nous nous connaissions à peine, j'avais l'impression d'être entourée d'amis proches. Installés autour du sapin de Noël, nous avons dégusté le repas de fête que Renata nous avait préparé, bu du champagne et du vin en abondance, échangé des cadeaux. Les épreuves de l'année précédente n'étaient plus que de vagues souvenirs.

Une fois encore, les choses avaient évolué à une vitesse stupéfiante. Un jour, par une sorte de miracle, mon grand-père, qui n'était plus sorti de son lit depuis des mois, s'était levé pour gagner le vestibule, m'ouvrir la porte et me conduire à la salle à manger adjacente. Depuis, il avait gardé toute son autonomie. Sa santé s'était améliorée – littéralement – du jour au lendemain. Un an auparavant, je n'aurais jamais imaginé que je passerais un autre Noël avec lui. Rien que pour cela, je me sentais pleine de gratitude.

Vers la fin de la soirée, entre un verre de liqueur et une part de gâteau, Pierre m'a fait savoir qu'il voulait incarner un vampire à l'écran.

- Tu devrais écrire ce film pour moi, a-t-il ajouté. J'ai ma

propre société de production et j'ai déjà un partenaire en vue. Qu'est-ce que tu en penses ?...
- Un film de vampire ? Tu ne crois pas qu'il y en a suffisamment comme ça ?...
- Ta voix est unique en Belgique. C'est exactement ce dont on a besoin pour ce genre de film. Penses-y !
- J'y penserai, ai-je répondu, pas tout à fait certaine de vouloir m'attaquer à ce genre de projet.

Cette nuit-là, de retour chez moi, j'ai consacré une demi-heure à Avalon, comme d'habitude, et lui ai offert ses cadeaux de Noël : une pâtée Almo Nature au poulet saupoudrée d'herbe à chat bien fraîche, un grand bol de lait pour chat enrichi en probiotiques et un énorme assortiment de jouets.

Alors qu'Avalon se régalait sous mes yeux, j'ai eu soudain une idée pour l'histoire de vampire que m'avait commandée Pierre. Je l'ai aussitôt couchée sur le papier.

Cherchant comment la personnalité de Pierre pourrait enrichir la thématique du vampirisme, je l'ai imaginé en vampire de 54 ans, en pleine crise de la cinquantaine et souffrant d'arthrite, séduisant des femmes peu attirantes pour se rassurer sur son *sex appeal*. Bien sûr, Avalon devait jouer un rôle majeur dans l'histoire.

Une demi-heure plus tard, la nouvelle souris-jouet d'Avalon, farcie d'herbe à chat, était déjà réduite en pièces, et le sol du vestibule couvert de salive. J'étais dans mon lit, en train de siroter une tasse de thé et de griffonner fiévreusement des notes, lorsque mon félin préféré a sauté sur mes genoux, le museau ruisselant de bave.

J'ai délaissé mes notes pour prendre sa tête entre mes mains.
- J'ai un autre cadeau de Noël pour toi, mon petit lion. Je vais écrire un film de vampire pour toi – un vrai film dont tu

AVALON

seras l'une des vedettes !

Encore sous l'effet de l'herbe à chat, Avalon n'a pas semblé enregistrer cette information. Il s'est mis à ronronner bruyamment tandis qu'une flaque de bave se formait sur ma poitrine.

***

J'ai appelé mon histoire de vampire *A Good Man*. Le *personnage principal*, Louis Caron, était un végétarien qui donnait à manger aux sans-abris et se souciait de l'avenir écologique de la planète ; mais son altruisme cachait une facette plus sinistre : il était un vampire. Après des siècles d'existence, il était encore tiraillé entre le Bien et le Mal, préserver la vie et donner la mort.

Dans le scénario, Avalon soulignait cette nature duale. Au début de l'histoire, il appartenait à l'une des victimes de Louis, une femme célibataire très attachée à son chat et obsédée par son bien-être. Après l'avoir vidée de son sang, Louis accomplissait sa dernière volonté en adoptant Avalon. En prenant soin du félin, il se donnait l'illusion d'être foncièrement quelqu'un de bien.

Plus tard, l'inspecteur Taglioni rendait visite à Louis pour l'interroger sur la disparition de sa petite amie et de son chat. Il montrait à Louis une photographie d'Avalon.

- Je n'ai jamais vu votre amie ni son chat, assurait Louis.
- Oh, vous avez un chat, vous aussi ? Un chat blanc ?...
- Qu'est-ce qui vous fait dire ça ?
- Votre veste est couverte de poils blancs...

L'inspecteur précisait ensuite que le chat qu'il recherchait était un turc de Van, une espèce extrêmement rare en Belgique ; les propriétaires de ce type de félin se comptaient sur les doigts d'une main. S'il parvenait à localiser Avalon, il aurait de bonnes chances d'identifier le tueur.

Cet interrogatoire déclenchait une spirale infernale, Louis multipliant les mauvaises décisions pour échapper à la prison.

Avalon était présent d'un bout à l'autre de l'histoire. Bien entendu, j'étais *obligée* de faire de lui un vampire. Au lieu de boire du sang humain, il buvait du sang de chat.

J'ai terminé la première version du scénario en avril. Nous avons passé les mois suivants à chercher des financements, à rencontrer de potentiels producteurs et réalisateurs, à écouter leurs exigences, à modifier le scénario selon leurs souhaits.

Vers l'automne, la phase de pré-production terminée, des castings ont été organisés. Nous avons trouvé plusieurs acteurs prometteurs qui nous semblaient parfaits pour notre film.

Les producteurs ont annoncé qu'Avalon serait l'un des fils rouges de la bande-annonce promotionnelle, qu'ils voyaient ainsi :

- Louis Caron est assis sur un canapé, éclairé par un feu de bois. On ne voit pas son visage, juste l'arrière de sa tête.
- Avalon avance sur un comptoir, passe devant un sablier. Il descend, traverse la pièce plongée dans l'obscurité et grimpe sur un buffet où est posé un livre. Celui-ci contient une vieille photographie qui sert de signet.
- Flashback. Assis sur un banc au bord d'un lac, Louis lit le livre. Il s'interrompt pour regarder une vieille dame et sa petite-fille qui s'approchent du

AVALON

- lac. Il sourit. La vieille photo, bien visible dans le livre ouvert, montre une femme vêtue d'une robe de bal.
- Retour dans la maison. Tandis qu'Avalon marche sur le comptoir, sa queue frôle un bocal contenant un poisson rouge ainsi qu'une photo d'un couple d'amoureux dans la trentaine.
- Flashback. Un repas entre amis. Face caméra, le couple annonce un heureux événement. « *Tu as toujours été comme un père pour moi. Tu veux bien être le parrain de notre enfant ?* »
- En marchant sur le sol, Avalon passe devant une pile de vêtements féminins.
- Flashback. Louis tend un paquet de vêtements à un SDF, qui le remercie : « *Vous êtes un mec bien.* »
- Avalon monte sur une table basse et lèche le bord d'un verre contenant du whisky.
- Des scènes violentes, très fortes, se succèdent sous la forme de brefs flashbacks rythmés par des gongs.
- Avalon s'approche du canapé où Louis est assis. Contournant un angle du canapé, il saute dans une flaque de sang et grimpe sur une femme nue qui gît sur les genoux de Louis, laissant des empreintes sanglantes sur celle-ci.
- Plan serré sur Louis qui caresse la tête d'Avalon.

Avec un tel rôle, Avalon était bien en passe de devenir la future sensation hollywoodienne.

MON SEUL CRIME, C'EST L'AMOUR

Je n'étais pas le genre de fille à tomber facilement amoureuse. Je ne comprenais *rien* à la romance. Je n'avais jamais été folle d'un homme au point de le laisser occuper mes pensées jour et nuit. Je n'avais jamais été subjuguée par qui que ce soit. C'était peut-être dû à ma croyance que je n'étais pas digne d'être aimée, ou aux attentes irréalistes que les livres et les films avaient générées en moi. Alors que les autres femmes pouvaient sortir avec n'importe quel homme, ou presque, pourvu qu'il présente bien ou se montre sympa, j'étais, pour ma part, rarement capable de dépasser le stade de l'amitié. Pour moi, l'amour amenait les doutes. Doutes vis-à-vis de moi, et doutes vis-à-vis des autres.

J'aimais la solitude. Seule, je ne me sentais pas jugée. Ce confortable isolement m'était si précieux que j'en avais fait le socle de mes vies personnelle et professionnelle. Je préférais écrire seule dans un café plutôt qu'exercer un métier sociable. Je préférais lire plutôt que fréquenter les bars.

Surtout, il me semblait que j'étais déjà comblée dans le domaine de l'amour. Avalon me donnait un fort sentiment d'ancrage et de stabilité. Lorsque je voyais certains de mes amis tromper leur partenaire et se plaindre ensuite des tourments qu'ils enduraient, je me sentais bénie des dieux. Parce que j'avais tout l'amour dont j'avais besoin, je ne me sentais pas obligée de changer ni de m'améliorer. J'étais enfin en paix avec moi-même. C'était le plus beau cadeau que la vie pouvait faire à la femme inquiète et désespérée que j'étais alors.

Quand mes proches m'interrogeaient sur ma vie amoureuse, je leur disais, pour plaisanter, qu'Avalon était l'homme de ma vie. A vrai dire, cette plaisanterie était plus proche de la vérité qu'ils ne l'imaginaient ; je n'avais tout simplement pas besoin d'un homme. Avalon et moi étions heureux dans notre petit cocon. L'intrusion d'un tiers ne pouvait que perturber la félicité dans laquelle nous baignions.

C'est alors que j'ai fait une rencontre. Ironie du sort, c'est grâce à Avalon que j'ai fait la connaissance de celui qui allait bientôt devenir mon petit ami.

Cet événement, comme tous ceux qui ont changé ma vie, s'est produit lors d'un festival de cinéma.

Le 7 mars 2012, l'Offscreen Film Festival débutait par une réception suivie de la projection du film de gangsters *Ulysse, souviens-toi !* de Guy Maddin. Le hall était entièrement orné d'éléments de décors de films. Au sommet des escaliers menant au bar à vins, une étrange peinture tirée du film fantastique japonais *Housu* a attiré mon regard. Elle représentait un chat blanc au pelage soyeux, étonnamment semblable à Avalon à quelques détails près : il avait des crocs de vampire, une énorme gueule rouge et deux ampoules jaunes et brillantes à la place des yeux.

Dès que j'ai vu ce tableau, j'ai su qu'il m'était destiné. Avant même que la projection d'*Ulysse* ne commence, j'ai demandé à l'un des organisateurs s'il était possible de l'acheter. Je voulais être la première à me renseigner car je

AVALON

savais que ce type d'accessoire trouvait rapidement preneur. L'homme a acquiescé, et nous avons échangé nos cartes professionnelles en vue de conclure l'affaire après le festival.

Le 10 mars, je suis revenue avec un ami pour assister aux projections de *Next Of Kin* et *Death Weekend*. Après *Next Of Kin*, qui se déroule dans une maison de retraite hantée, nous avons mis le cap sur le bar à vins. Gilles, l'organisateur avec qui j'avais discuté trois jours plus tôt, nous a tout de suite rejoints. Alors que la projection de *Death Weekend* allait commencer, mon ami Frank a dit :

- Je préférerais rester ici et poursuivre ma conversation avec Gilles.

Frank avait l'enthousiasme d'une groupie quand il était en présence de gens du cinéma ; quand Gilles avait commencé à parler de son travail de concepteur d'affiches, j'avais rapidement compris qu'il serait difficile de le déloger de ce bar.

- Pas de problème, ai-je répondu. Je peux voir ce film toute seule.

- Tu ne veux pas rester ? a imploré Frank. Je m'arrangerai pour te trouver ce film, comme ça tu ne regretteras pas d'avoir raté cette séance...

J'ai fini par céder.

Pendant quatre heures nous avons parlé de nos carrières respectives et de nos monstres de cinéma préférés. J'étais amusée par le nombre de points communs que j'avais avec Gilles. Nous étions tous les deux des artistes, nous adorions les films d'horreur, respections les animaux et ne jurions que par le véganisme.

L'intérêt que me portait Gilles était évident pour tout le monde, sauf pour moi, qui ne me rendais compte de rien. J'étais à mille lieues d'envisager une romance. La curiosité que Gilles me manifestait n'était qu'une vague impression inconsciente que je n'analysais pas. Il allait certainement réaliser avant longtemps que j'étais dépourvue de talent, que ma situation n'était pas établie et que je n'étais pas assez intéressante pour mériter le statut de petite amie. Mon estime de moi-même reposait sur Avalon ; quand j'étais confrontée à mes semblables, rien ne pouvait me donner de l'assurance, pas même les mots les plus doux.

Les trois semaines suivantes, je suis revenu plusieurs fois à l'Offscreen Festival. A chaque fois que nous nous voyions, Gilles et moi évoquions longuement notre passion commune pour le cinéma et les animaux. Les jours où je n'étais pas là, Gilles m'écrivait pour me dire à quel point il appréciait nos conversations.

Malgré mes premières impressions positives et nos nombreux points communs, j'ai immédiatement rangé Gilles dans la catégorie des amis. Je le voyais comme une relation intéressante, sans plus. Depuis notre première rencontre, je voulais le compter parmi mes amis. Lui offrir une place un peu plus importante dans ma vie représentait un *challenge* qui n'était peut-être pas à ma portée.

La première fois qu'il m'a proposé de sortir avec lui, j'ai abordé cela comme un rendez-vous purement formel en vue de récupérer le tableau d'*Housu*. Nous nous sommes ensuite revus à l'occasion d'une réception à l'ambassade du Japon. Gilles n'avait qu'une idée en tête, me voir et me parler, mais, pensant qu'il était là pour affaires, je ne lui ai pas prêté attention une seconde.

Ce soir-là, Gilles a bien failli tirer une croix sur moi. Il a tout de même décidé de tenter à nouveau sa chance, et m'a demandé si je pouvais me procurer des tickets pour un festival de cinéma où j'avais décroché un petit job. C'est ainsi

AVALON

que nous avons assisté ensemble à une projection 3D du film de Takashi Shimuzu *Rabitto Horâ*. Un dîner a conclu cette soirée, et les jours suivants nous sommes restés en contact par email et téléphone.

Notre quatrième rendez-vous a eu pour cadre une exposition de photographies de Stanley Kubrick et s'est prolongé dans un restaurant italien.

- Je ne te l'ai jamais dit, m'a appris Gilles tandis que nous terminions la soirée dans un bar, mais je te connais depuis vingt ans ou presque. Je t'ai vue animer une séance de questions-réponses au Festival international du film fantastique, et je me suis demandé qui tu étais...

- On ne s'est pas parlé ce jour-là, si ?...

- Non. Tu étais avec ton petit ami. Tu étais prise...

Pour la première fois, il m'est venu à l'esprit que Gilles était en train de tomber amoureux de moi. Bien sûr, j'avais moi-même de l'affection pour lui. J'étais juste la dernière à réaliser qu'il ne me considérait peut-être pas comme une simple amie. D'après mon expérience, les hommes qui me plaisaient ne s'intéressaient pas à moi ; c'est pourquoi, dès que j'avais remarqué les qualités de Gilles, j'avais bloqué mes sentiments pour me protéger.

- J'ai lu quelques-unes de tes interviews en ligne, a repris Gilles. Je me souviens qu'un journaliste t'a demandé quel pouvoir surnaturel tu aimerais posséder. La plupart des gens auraient répondu « Voler » ou « Devenir invisible ». Toi, tu as simplement répondu que tu rêvais de pouvoir guérir ton chat et de lui parler. Quand j'ai lu ça, j'ai compris que tu étais... spéciale.

Il m'a regardée avec tendresse et a refermé sa main sur la mienne.

J'étais sidérée – tellement déstabilisée par la tournure des

événements que j'étais tout bonnement incapable d'articuler un mot. Gilles a rompu le silence en m'embrassant. Alors que la soirée touchait à sa fin, il m'a raccompagnée à la gare.
- Tu ne voudrais pas rester cette nuit ? m'a-t-il demandé.
- Je ne peux pas. Je dois nourrir mon chat.
- Je suis sûr qu'il pourrait survivre une nuit sans nourriture, non ?
- Oui. Mais ça le perturberait, et je veux éviter ça.
- Ton chat est vraiment important pour toi, hein ?
- Plus important que tout.

***

Cette nuit-là, Avalon m'a accueilli avec sa ferveur habituelle. Collé à moi, il a vigoureusement frotté sa petite tête contre mes joues, comme s'il ne m'avait plus vue depuis des semaines.

Cependant, quelque chose avait changé. Telle une femme qui vient de tromper son mari, j'étais incapable de le regarder dans les yeux.

J'ignorais que sa possessivité était en sommeil et qu'elle était prête à se réveiller à tout moment. Mon chat allait faire tout son possible pour conserver la place privilégiée qu'il avait prise dans ma vie.

RENCONTRE A HAUTS RISQUES

La plupart des hommes sont anxieux à l'idée de rencontrer les parents de leur nouvelle petite amie. Pas évident d'être accepté dans la famille. Ma famille à moi, néanmoins, n'était pas un sujet d'inquiétude pour Gilles. Après toutes les histoires qu'il avait entendues sur Avalon, il s'inquiétait plutôt de la réaction de mon chat.

Les premières semaines, je n'ai pas compris son attitude. Quand j'ai constaté qu'il trouvait toutes sortes d'excuses pour ne pas venir chez moi, j'ai commencé à douter du sérieux de notre relation. Je ne voulais pas laisser Avalon seul trop longtemps, et refusais de passer la plupart de mes soirées à l'extérieur. Quand j'ai finalement demandé à Gilles pourquoi il évitait mon appartement, il a rougi et m'a répondu :

- J'ai peur de ce que ton chat pourrait penser de moi.
- L'opinion de mon chat importe tellement pour toi ?...
- Que se passera-t-il s'il me prend en grippe ?... Je sais combien il compte à tes yeux. S'il n'approuve pas notre relation, je crains que tu ne changes d'avis à mon sujet.
- Il faudra bien que tu le rencontres un de ces jours...

***

Manifestement, Gilles redoutait la perspective de se confronter prochainement à Avalon. Et quand le moment de vérité est enfin venu, Avalon n'a rien fait pour le rassurer. Quelques minutes à peine après son arrivée, des effluves nauséabonds ont envahi l'appartement. Avalon venait de se vidanger les intestins. Jaillissant de son bac à litière, grommelant comme un démon, il s'est mis à bondir d'un mur à l'autre avant de sauter sur le dossier du canapé, juste derrière Gilles.

Gilles était stupéfait ; il ne s'attendait pas à ça.

Avec un grognement plus sonore encore, Avalon a décollé du canapé, survolant littéralement la table du salon, pour atterrir sur le téléviseur devant nous. De là, il a bondi sur le mur et a entrepris de l'escalader jusqu'au plafond, à la manière d'un koala. Après une pause de quelques secondes, il a émis un énième rugissement, sauté au sol et gagné la chambre à coucher ventre à terre.

Dans la savane, les lions grognent pour diverses raisons – pour marquer leur territoire, intimider un rival ou renforcer une relation privilégiée ; les lois de la nature expliquent facilement ce type de comportement.

- C'est à cause de moi... ? a demandé Gilles.
- Non, c'est normal.
- Normal ?...
- Oui, il fait toujours ça après avoir utilisé sa litière. Rien d'inquiétant.
- Si c'est normal, je me demande comment il réagira s'il devient jaloux de notre relation...
- Allons, ne gâchons pas l'ambiance.

***

AVALON

Contre toute attente, Avalon s'est plutôt bien comporté par la suite. Certes il se montrait bien plus distant qu'au bon vieux temps de notre vie à deux, mais au moins il ne causait pas de catastrophes. Quand Gilles et moi dînions devant un film, il nous surveillait de loin et refusait toute forme de proximité, comme s'il voulait me dire *C'est lui ou moi*. Plus tard il a commencé à bouder mon lit et à passer ses nuits sur le canapé, tel un mari en colère.

Une nuit vers 3 heures du matin, visiblement las de ce drôle de type qui occupait *son* lit, Avalon s'est planté sur l'oreiller de Gilles et s'est mis à lui tapoter le visage en pleurnichant. Après une heure de chouineries et d'asticotage incessants, il a franchi un nouveau cap dans la contestation. Son objectif : chasser Gilles du lit.

Il a réussi.

Se planquer sous les couvertures n'était plus une option. Incapable de fermer l'œil, Gilles s'est résigné à se lever.

- Je suppose que j'ai échoué au test...
- Donne-lui un peu de temps. Il n'apprécie peut-être pas que tu occupes sa place habituelle...

Mais Gilles avait déjà compris que tout cela n'était qu'un début.

Avalon et lui se sont jaugés l'un l'autre pendant plusieurs minutes, puis Gilles a dit :

- Je ferais mieux de vous laisser. C'est clairement ce que veut ce petit gars...

Croyez-le ou non, il me semble bien qu'Avalon a esquissé un sourire narquois quand Gilles a enfilé sa veste et quitté l'appartement.

Aussitôt, il m'a rejoint pour quémander tout l'amour dont je l'avais privé ces dernières heures. Mes baisers l'ont mis en transe ; une lueur de félicité brillait dans son regard. Il était au nirvana, au paradis des saints.

Ce chat réclamait l'exclusivité absolue, et quand on voulait bien la lui accorder, l'amour qu'il offrait en retour était immense.

- Tu es heureux que Gilles soit parti, hein ?...

En guise de réponse, il m'a lancé un regard extatique et s'est mis à ronronner bruyamment ; après quoi, d'un coup de patte autoritaire, il m'a invité à le câliner encore – ce que j'ai fait.

La sonnerie de mon téléphone a interrompu ce tendre moment. C'était Gilles.

- Il n'y a plus de train pour Bruxelles avant plusieurs heures, m'a-t-il dit. En attendant, tu serais d'accord pour m'héberger ?

- Bien sûr.

Son retour ne manquerait pas de contrarier Avalon, mais je ne pouvais décemment pas le laisser dehors sous la pluie.

Dès que Gilles est apparu sur le seuil, les pupilles d'Avalon ont viré au noir charbon.

OK, voyons qui est le boss ici.

Toujours porté sur l'action, il s'est absorbé dans les multiples activités qu'il pratiquait traditionnellement pour attirer l'attention : miaulements agaçants, lacération de la tapisserie, destruction de divers objets posés en hauteur.

Comme cela ne suffisait pas, il a ouvert le petit sac de voyage de Gilles, en a extrait un vêtement et a guetté la réaction de son rival en le fixant d'un regard plus sombre que les portes de l'enfer. Ensuite, c'est une boîte de gel coiffant qui a fait les frais de sa colère. Une fois encore, il a dévisagé Gilles pour s'assurer qu'il captait bien le message. Un troisième objet, puis un quatrième, un cinquième et un sixième ont été expulsés à leur tour, jusqu'à ce que le sac soit vide.

AVALON

Refusant de capituler, Avalon a attrapé le manteau de Gilles entre ses crocs et l'a traîné vers la porte. Là, de sa patte droite, il s'est mis à tapoter les clés suspendues au chambranle.

Son message ne pouvait être plus clair : dans ma vie, il y avait un homme de trop. Et ce n'était pas lui.

DEPENDANCE MUTUELLE

J'avais souvent lu que les chats n'ont pas la notion du temps et qu'ils n'ont aucune conscience du temps qui s'écoule lorsque leur maître est absent. A mes yeux, c'était faux. Avalon était probablement incapable de compter les heures et les minutes, mais il se comportait clairement de façon différente selon que je m'absentais une heure ou une journée entière. Il pouvait supporter la solitude pendant trois ou quatre heures maximum ; au-delà, il manifestement bruyamment sa détresse, jusqu'à mon retour.

D'après les scientifiques, quand un chat est confronté à une longue absence de son maître, il pense que celui-ci a été dévoré par un prédateur. Cela expliquerait pourquoi nos petits félins sont si heureux de nous voir revenir. Etait-ce aussi la raison pour laquelle Avalon s'asseyait toujours devant la fenêtre pour guetter impatiemment mon retour ? Peu importe l'heure à laquelle je rentrais – 14 heures ou 5 heures du matin –, il était là, en train d'attendre. Il pouvait prédire mon retour avec une précision infaillible.

La plupart des animaux domestiques ont un odorat bien plus puissant que le nôtre. Avalon était-il capable de capter mon odeur lorsque j'étais en voiture à plusieurs kilomètres de là ? J'avais lu quelque part que des chercheurs avaient sensibilisé un limier à un arôme élaboré en laboratoire. Ils avaient emmené le chien au fin fond de l'Ile de Manhattan tandis qu'une partie de l'équipe s'éloignait de vingt kilomètres dans l'autre direction. Au nord de Manhattan, à un moment préalablement déterminé, les chercheurs avaient imprégné un chiffon de l'arôme conçu en laboratoire et l'avaient agité en l'air. Le chien avait réagi à l'odeur à peine une minute plus tard – alors que le vent avait largement dispersé les molécules, créant une myriade de nouvelles odeurs.

Avalon n'était pas un limier mais il savait dans quel véhicule je me trouvais, même si c'était rarement le même d'une fois à l'autre. Alors même que j'étais invisible à ses yeux, il passait de la dépression à la jubilation au moment même où « ma » voiture apparaissait dans son champ de vision.

A vrai dire, il a fallu que je parte en vacances à l'étranger pour que je réalise à quel point la phobie de l'abandon était ancrée en lui. Son calvaire n'aurait pas été pire si je m'étais évanouie dans la nature. Pourtant, mon père et sa femme, Dominique, s'étaient parfaitement occupés de lui en mon absence ; ils avaient joué avec lui, l'avaient abondamment nourri avec ses pâtées préférées. Mais la seule chose qui lui importait vraiment, c'était de respirer le même air que moi.

Je n'avais rien laissé au hasard ; j'avais donné une longue liste d'instructions à mon père et à son épouse, comme si je leur confiais la garde d'un enfant gravement malade.

NOURRITURE : *Avalon mange deux fois par jour. La tasse à mesurer est dans le sac. Merci de nettoyer sa gamelle après chaque repas.*

MEDICAMENT : *Deux fois par jour, mélangez la moitié*

AVALON

d'une pilule de Felimazole avec la moitié d'une boîte de sa pâtée préférée, Almo Nature. Evitez d'écraser la pilule, c'est toxique.

EAU : Avalon a deux bols d'eau, un dans le couloir, l'autre dans la chambre à coucher. Tous deux doivent être lavés et remplis quotidiennement.

LAIT POUR CHAT : Avalon aime ça. Il est fou de sa boisson probiotique Viyo. Vous pouvez lui donner un sachet par jour.

BACS A LITIERE : Les deux bacs doivent être nettoyés quotidiennement.

PORTES ET FENETRES : elles doivent rester fermées. Avalon n'a pas l'habitude de sortir, donc il pourrait se perdre. Ne laissez pas non plus les fenêtres entrebâillées quand vous sortez : elles pourraient se refermer sur lui et l'étouffer. Fermez la porte de la cuisine car Avalon peut ouvrir la porte du réfrigérateur. Par contre, laissez la porte de la chambre ouverte car il aime dormir sur le lit.

JEUX : Avalon aime jouer au moins vingt minutes chaque jour. La canne à pêche est clairement son jeu préféré, mais il aime aussi les jouets contenant de l'herbe à chat. La canne à pêche se trouve dans le tiroir de la table du salon. Il y a au moins 30 jouets farcis d'herbe à chat dans le carton à côté du canapé.

AMOUR : C'est le plus important : donnez-lui plein d'amour. Il pourrait probablement survivre plusieurs jours sans eau ni nourriture ni jouets, mais il lui faut absolument de l'amour chaque jour. Si vous pensez qu'il en a déjà reçu assez, n'hésitez *pas à lui en donner encore un peu.*

Tous les jours, par texto, je demandais à mon père des nouvelles d'Avalon ; et tous les jours, mon père me répondait : *Il va bien. Pas de souci.*

Malgré cela, je ne cessais de m'inquiéter. Qu'est-ce qui m'avait pris d'abandonner ce chat si dépendant pendant une semaine entière ? Comment allait-il s'en sortir ? N'y avait-il pas un risque qu'un cambrioleur le chasse de l'appartement et que, incapable de retrouver son chemin, il disparaisse de ma vie à jamais ? Ou qu'il meure subitement, tout seul, si loin de moi ?...

Quand, de retour chez moi, j'ai ouvert la porte d'entrée, j'ai été accueillie par un hurlement aussi lugubre que pathétique. A peine avais-je posé un pied dans le couloir qu'Avalon a bondi dans mes bras, s'accrochant à moi comme si sa vie en dépendait. Malgré l'amour et l'attention que mon père et sa femme lui avaient donnés, il s'était métamorphosé en une créature pitoyable et décharnée ; son pelage était rêche, son regard terne.

Après quelques minutes j'ai voulu le reposer à terre, mais il a refusé de quitter mes bras. Il est resté arrimé à moi pendant cinq heures d'affilée, tel un naufragé cramponné à une planche.

Parce qu'Avalon dépendait autant de moi qu'un diabétique de son insuline, il m'était de plus en plus difficile de m'absenter quelques heures sans culpabiliser.

D'un autre côté, j'étais touchée par la facilité avec laquelle je le rendais heureux. Je n'avais jamais imaginé que ma compagnie puisse donner autant de bonheur à quelqu'un. Cette pensée me remplissait de joie, mais elle accentuait aussi mes responsabilités, sachant que l'étincelle

AVALON

de félicité que je faisais briller dans les yeux d'Avalon pouvait facilement s'éteindre si je négligeais le lien de dépendance qui l'attachait à moi.
Avalon m'imposait des limites. Mon rêve d'écrire sous le soleil du Sud et de voyager d'un festival à l'autre était voué à rester un rêve tant qu'Avalon partagerait ma vie. Notre relation avait un prix – comme toutes les relations. Je l'acceptais et le mettais en balance avec les évidents avantages de la situation. J'acceptais toutes les contraintes qu'impliquait Avalon, sans que cela n'affaiblisse mon amour pour lui, bien au contraire.

***

Gilles avait plus de mal à accepter les exigences d'Avalon.
Après chacune de mes nuits chez lui – aussi rares qu'elles soient –, Avalon affichait un air sinistre, comme s'il avait vécu mon absence prolongée comme un abandon pur et simple. Parce qu'il était manifestement incapable d'affronter la solitude, Gilles s'arrangeait le plus souvent pour dormir chez moi, lui évitant ainsi le calvaire des nuits solitaires.
Avalon n'était guère sensible à ses efforts. Plaçant l'amour exclusif plus haut que tout, il faisait savoir de toutes les façons possibles que Gilles n'était pas le bienvenu sur son territoire. J'avais beau essayer de le distraire, j'avais beau le cajoler et l'implorer, il passait la nuit à miauler frénétiquement et à galoper à travers l'appartement tel un cheval fou, s'arrangeant pour faire tomber le maximum de DVD et de boîtes à chaussures, le plus bruyamment possible.
A la seconde même où Gilles quittait mon appartement, tout rentrait dans l'ordre.
Après quelques mois, la possibilité que Gilles et moi

emménagions ensemble a fait surface. Je l'ai repoussée. Je tenais à ce que les dernières années d'Avalon soient paisibles, et il était évident qu'une vie commune avec Gilles et ses deux chats irait totalement à l'encontre de cet objectif.

Idéalement, j'aurais dû quitter Gilles pour assurer le bien-être d'Avalon. Bien sûr, aussi fort que fût mon amour pour mon chat, ç'aurait été un choix irrationnel.

Ne voyant aucune solution satisfaisante, j'ai pris une décision tout aussi insensée – celle de voir Gilles un peu moins souvent, au moins pour un certain temps.

Dans mon entourage, beaucoup ont été choqués de constater que je faisais passer mon chat avant mon petit ami. Je savais que dans cette bataille je ne gagnerais jamais du terrain. N'ayant jamais vécu une relation aussi intense avec un animal, la plupart des gens ne pouvaient tout simplement pas me comprendre. Ils jugeaient forcément ma situation à l'aune de leurs propres expériences et de leurs normes personnelles.

Il aurait été injuste de ma part d'ignorer les besoins d'Avalon étant donné tout ce qu'il représentait pour moi. Certes il n'était ni mon petit ami, ni un membre de ma famille, mais il était bel et bien mon compagnon, et en tant que tel il m'apportait plus de bonheur, de stabilité et de réconfort que quiconque.

De plus, Gilles devait encore gagner ma confiance. Après tout, je ne le connaissais que depuis quelques mois. Il y avait un risque que l'image qu'il avait de moi se dégrade avant longtemps, ou qu'il commence à me demander plus que ce que je pouvais lui donner. Au fond de moi, je m'attendais à ce que Gilles montre autant d'exigences que n'importe qui.

Néanmoins, il y avait une part d'égoïsme dans ma décision. Je chérissais ma relation exclusive avec Avalon tout

AVALON

autant que lui. Partager mon chat avec qui que ce soit ne pouvait que bouleverser cette relation.

Quand Gilles passait la nuit chez moi, Avalon se comportait comme un chat normal ; mais il attendait d'être seul avec moi pour me témoigner de la tendresse.

- Avalon n'est pas du tout distant avec toi quand je suis ici, a protesté Gilles lorsque je lui ai exprimé mes inquiétudes quant aux conséquences d'une éventuelle vie commune. Il te suit partout. Il ne te quitte pas d'une semelle.

- C'est vrai, mais il est plus démonstratif quand il est seul avec moi.

- Honnêtement, je n'ai pas envie de voir ça. Vous vous regardez l'un l'autre avec une adoration sans limites. Tu ne me regardes jamais comme ça...

Ce n'était pas faux, mais je ne voulais pas prendre le risque de perdre ne serait-ce qu'une petite partie de l'affection que me portait Avalon. Si emménager avec Gilles impliquait qu'un fossé se creuse entre mon chat et moi, alors l'affaire était réglée. En fait, j'ai réalisé à cet instant que le lien qui m'unissait à Avalon était rarissime et que je ne vivrais plus jamais une expérience aussi intense. Je voulais m'autoriser cette folle passion aussi longtemps qu'elle serait possible.

Quand il s'agissait d'amour, c'était Avalon contre le reste du monde. Aucun être humain ne pourrait jamais m'inspirer la tendresse infinie que j'avais pour mon chat.

L'ODEUR DE L'AMOUR

- Ne me dis pas comment je dois dire mon texte, a dit Pierre Lekeux à Steve De Roover, le réalisateur de *A Good Man*. Je suis un grand acteur.
- Je ne dis pas le contraire, a répondu Steve, prudent. Je voudrais juste que tu essaies une autre approche pour ce passage précis. Ça sonnerait mieux si tu marmonnais ça – comme une pensée fugace. Le personnage de Matthias ne t'entend pas – tu te souviens ?...
- Tu ne sais pas de quoi parle ton film, a rétorqué Pierre.

Cela a continué un bon moment, chacun accablant l'autre de reproches. Plus cela durait, plus j'avais l'impression que Pierre et Steve utilisaient des lexiques différents pour dire des choses qu'ils ne comprenaient ni l'un ni l'autre. Peu importe ce qu'il entendait – *Je peux avoir une pizza ? Et si on filmait cette scène sous un autre angle ?...* –, Pierre interprétait cela comme *Tout le monde ici complote pour me virer.*

J'ai lu un jour que dans le milieu du cinéma 80% des gens montraient des signes de schizophrénie. Ce n'était que le premier jour de tournage, mais cette triste réalité était déjà évidente à mes yeux.

Refusant d'assister plus longtemps aux crises de paranoïa et de mégalomanie de Pierre, j'ai quitté le bar qui

nous servait de décor et me suis installée sur la terrasse où quelques membres de l'équipe se reposaient. Steve nous a rejoints à son tour, les mains levées en signe de désespoir. Prenant place à la table voisine de la mienne, il s'est lâché :
- Il ne m'écoute pas. Je veux bien lui laisser un peu de liberté, mais il ne pige rien à son personnage. Tu as vu les rushes de ce matin – ceux qu'on a tournés dans le parc ?...
J'ai secoué la tête.
- Il regardait ces gosses comme s'il était pédophile. Je ne peux quand même pas mettre ça dans le film !
Tandis qu'il râlait, mon téléphone portable s'est mis à sonner. C'était ma grand-mère.
- Mamie ? Tout va bien ?
- Ton grand-père... Il est malade. Le docteur est ici. Ils vont l'emmener à l'hôpital.
Je suis partie aussitôt.

***

C'est en juillet seulement que les premiers rayons de soleil de l'année ont commencé à réchauffer les rues. Quelques amis nous ont invités, Gilles et moi, à un dîner d'anniversaire. Nous avons pris place dans un restaurant thaï qui proposait des tables en plein air. La nôtre, ombragée, offrait une vue sur la piazza. L'air frais de l'été se mêlait à des arômes d'ail, de citronnelle et de basilic thaï. L'hiver avait été bien long, et maintenant que l'été pointait enfin le bout du nez nous voulions tous en profiter au maximum.

Néanmoins, je n'avais pas l'esprit léger. Steve avait été viré du tournage de *A Good Man*, la production était à l'arrêt, et je craignais fort qu'Avalon n'ait jamais l'occasion d'interpréter

AVALON

les scènes que j'avais spécialement écrites pour lui si la situation s'enlisait.

Tandis que je portais un toast à cette belle et calme soirée d'été, je pensais également à mon grand-père et à la journée que nous avions passée ensemble. Il était sorti de l'hôpital mais ne quittait plus son lit ; il râlait et toussait en continu, au bord de l'asphyxie.

La fragilité de la vie m'invitait à profiter pleinement de chaque moment. Après tout, c'était mon grand-père qui m'avait initiée aux joies des vacances, de la cuisine, du bon vin et du soleil, tout en m'incitant à travailler dur et à donner le meilleur de moi-même en toutes circonstances. Cette nuit-là au moins, je tenais à honorer cet héritage. Si mon grand-père ne pouvait plus jouir de la vie, je le ferais à sa place car je savais qu'il voulait qu'il en soit ainsi. C'est pourquoi, pendant quelques heures, je me suis efforcée de vivre dans le présent, savourant autant que possible ces plaisirs de la table et de l'été qu'il avait tant appréciés.

Malgré cela, l'état de santé de mon grand-père me préoccupait. Quelques minutes avant 23 heures, mon téléphone m'a annoncé la réception d'un message. J'ai sursauté ; à cette heure-ci, il y avait peu de chances qu'on me communique une bonne nouvelle.

- Alors ?... a demandé Gilles.

J'ai regardé l'écran et me suis détendue aussitôt.

- C'est juste l'accusé de réception d'un texto que j'ai envoyé il y a quinze jours. Le gars devait être en vacances.

- Tu as vu le bond que tu as fait quand tu as reçu ce message ?

- Je suppose que je suis un peu sur les nerfs...

- Tôt ou tard, tu recevras cet appel que tu redoutes. Tu le sais, non ?...

Mon téléphone a sonné à nouveau. Cette fois, l'écran indiquait un numéro que je ne connaissais pas.
- Vous êtes bien Vanessa ?...
- Oui.
- Je travaille pour Family Care. C'est moi qui tiens compagnie à votre grand-mère ce soir. Je vous appelle pour vous dire que votre grand-père, M. Joseph Janssens, vient de décéder, à 22h58.
J'ai senti que mes jambes me lâchaient.
- Toutes mes condoléances. Voulez-vous parler à votre grand-mère ?
- Oui, ai-je articulé.
Ma grand-mère sanglotait au bout du fil. Cela m'a brisé le cœur.
- J'arrive, lui ai-je dit.
- Pas la peine. Profite plutôt de ta soirée avec Gilles.
- Je ne peux pas te laisser seule ce soir. Je me dépêche.
Un ami nous a prêté sa voiture ; une demi-heure plus tard, nous étions en route. J'ai passé la nuit chez ma grand-mère.

***

Les deux semaines suivantes je me suis occupée de l'organisation des funérailles, des formalités notariales, bancaires et d'assurance. Ma grand-mère était trop bouleversée pour s'en charger. Logiquement, j'étais souvent absente de chez moi. Pour Avalon, c'était un véritable traumatisme. A chaque fois qu'il me voyait enfiler mon manteau et prendre mon sac à main, il me lançait un *miaooouuu* perçant qui me vrillait affreusement les entrailles. Le regard paniqué, il se précipitait vers la porte pour me bloquer le passage.

AVALON

- Désolé mon petit lion, lui disais-je, je n'ai pas vraiment le choix. Ma grand-mère est toute seule, je dois l'aider. Je te *promets* que dans quelques semaines, peut-être dix jours, je serai à nouveau toute à toi.

Avalon, qui captait très bien mes émotions, se calmait aussitôt ; mais dès que je posais la main sur la poignée de la porte, la panique le submergeait à nouveau. Avec un sens du drame digne de Donald Duck, il se collait à la porte pour m'empêcher de sortir. Je le caressais rapidement et m'en allais, ne sachant pas quoi faire d'autre.

Avalon était moins enclin que jamais à accepter nos brèves séparations. Désormais, il se cramponnait à moi.

Je me demandais si cette attitude n'était pas due à son état de santé. Au cours de l'hiver précédent, en l'observant, j'avais remarqué plusieurs changements qui semblaient s'être produits en une nuit et qui trahissaient son entrée dans le troisième âge. Il perdait progressivement de la masse musculaire dans la région lombaire, ce qui était typique d'une maladie thyroïdienne. Les premiers temps, je ne percevais sa maigreur qu'en passant ma main sur son dos ; mais après quelques mois, le problème a commencé à me sauter aux yeux. Sa fourrure autrefois chatoyante s'était dégradée en mèches poisseuses ; son regard était devenu vague et flottant. Parce qu'il perdait ses poils en quantité, il vomissait des quantités de pelotes dignes d'un record du monde.

Autre changement : son besoin d'air frais. Quand j'ouvrais une fenêtre, il passait sa tête dehors et, le museau tendu dans la brise, humait l'air tel un lion détectant l'odeur d'une antilope. Après quelques semaines, j'ai constaté qu'il n'arrivait plus à sauter sur le rebord de la fenêtre. Soit il trébuchait et tombait, soit il se retrouvait coincé à mi-chemin. Désormais, lorsqu'il voulait accéder à sa fenêtre préférée, à la cuisine, il se plaçait en-dessous et me suppliait de l'aider. Je frappais dans mes mains.

- Vas-y Avalon, je sais que tu peux le faire !

Peine perdue : il restait immobile. Il ne me restait plus qu'à le prendre dans mes bras pour le déposer sur le rebord.

Le déclin de sa vitalité se manifestait de bien d'autres façons. Il avait encore des décharges d'adrénaline, des explosions d'énergie débridée, en particulier quand un être indésirable entrait dans l'appartement, mais la plupart du temps il se contentait de sommeiller à mes côtés. Les effets de l'âge étaient indéniables.

Dès que j'ai remarqué ces changements, je l'ai amené chez le docteur Henri pour une nouvelle série d'analyses et d'examens. Malgré les nombreux et divers symptômes qu'il présentait, le docteur m'a affirmé que son hyperthyroïdie était sous contrôle et que je n'avais pas de raison de m'inquiéter. Avalon suivait depuis plusieurs mois le régime Hill à faible teneur en iode, et celui-ci, apparemment, lui réussissait encore mieux que ses précédents traitements hormonaux.

J'ai demandé au docteur de s'assurer qu'Avalon ne souffrait pas d'une autre affection, ce qu'il a fait. Il m'a confirmé son premier diagnostic, à savoir que mon chat était en parfaite santé.

- Avalon est en pleine forme, a souligné Gilles. Regarde, il est plein d'énergie. A force de t'inquiéter, tu t'imagines plein de choses...

Et pourtant, j'avais toujours le sentiment lancinant que quelque chose ne tournait pas rond et qu'Avalon vivait peut-être ses derniers jours.

Dans son livre *L'Homme devant la mort*, Philippe Ariès dit que la caractéristique essentielle de la mort, même

AVALON

quand elle est soudaine ou accidentelle, est qu'elle prévient toujours de son arrivée et que seul un homme mourant sait combien de temps il lui reste à vivre. Deux semaines avant son décès, mon grand-père m'avait annoncé qu'il sentait sa fin approcher. Je lui avais demandé ce qui le poussait à croire cela, s'il souffrait ou se sentait mal.

- Pas du tout, m'avait-il répondu. Je le sens, c'est tout.

J'avais l'impression qu'Avalon, lui aussi, sentait sa fin approcher et me le faisait savoir à sa façon. Avec lui, il m'était déjà arrivé plus d'une fois de pressentir un problème avant qu'il ne se manifeste concrètement. Avalon n'était certes pas mon enfant, mais il suscitait en moi une tendresse probablement égale à celle que j'aurais eue pour le fruit de mes entrailles. Son bien-être était ma priorité absolue.

J'espérais que dans le pire des cas, le moment venu, je pourrais le tenir dans mes bras et l'accompagner dans ses derniers instants. Je ne voulais surtout pas qu'il meure seul. Néanmoins, je m'empêchais d'y penser trop souvent ; c'était trop dur. Je savais que je n'aurais aucune prise sur le déroulement des choses et qu'il était inutile de me torturer l'esprit en anticipant tous les scénarios possibles.

Je tenais à profiter autant que possible du temps qu'il me restait à passer avec mon chat, et m'efforçais de réduire au maximum toutes les activités qui m'éloignaient de lui. Ma grand-mère ayant encore besoin de mon aide, je pressais le pas quand je rentrais chez moi, le soir, pour retrouver Avalon au plus vite. A mon retour, il bondissait dans mes bras avec une telle énergie que je manquais presque de m'écrouler. Tandis que je me laissais choir sur le sol, il blotissait furieusement sa tête au creux de mon cou.

La plupart du temps, toutefois, j'étais si épuisée par les lourdes contraintes de la vie que je m'endormais presque aussitôt. Avalon venait me câliner dans mon lit, mais je ne pouvais rien faire d'autre que me rouler en boule et le serrer contre moi.

Dans les semaines qui ont suivi le décès de mon grand-père, j'ai fait des cauchemars récurrents où Avalon était en danger. Ils racontaient tous la même histoire. Une catastrophe naturelle – une énorme inondation ou un incendie monstrueux – menaçait ma vie, mais je n'avais qu'une idée en tête, regagner mon appartement pour sauver mon chat. Mes grands-parents étaient souvent présents mais ils étaient plus un fardeau qu'autre chose.

- Qu'est-ce que tu fiches ? hurlait ma grand-mère. Il faut partir d'ici !

Elle tentait de toutes ses forces de me retenir dans la voiture tandis que je voyais les eaux ou les flammes s'approcher de l'appartement, où Avalon s'était caché.

- Lâche-moi ! lui répondais-je en criant. Avalon est coincé là-dedans, je dois le sortir de là !

- Tu ne vas quand même pas risquer ta vie pour un chat ! insistait-elle, refusant de me lâcher.

- Il est *plus* qu'un simple chat !

Le danger approchait dangereusement. Je n'avais plus que quelques minutes pour sauver Avalon.

Je me dégageais enfin, me précipitais vers mon appartement. La menace se faisait de plus en plus pressante. Derrière moi, une énorme masse d'eau engloutissait la voiture de mes grands-parents. Au moment où j'ouvrais la porte de l'appartement, une grosse vague s'abattait sur moi et m'emportait.

Je ne parvenais jamais à sauver mon chat.

Je me réveillais avec un profond sentiment d'inquiétude, et serrais Avalon très fort contre moi.

AVALON

***

Au fil des jours, mon anxiété n'a fait que croître. Je ressentais de plus en plus le besoin de rester chez moi pour m'assurer qu'Avalon allait bien. Après deux semaines passées à veiller constamment sur ma grand-mère, je ne supportais plus de passer autant de temps loin de mon chat. Je *devais* être avec lui.

Un vendredi, après avoir aidé ma grand-mère dans ses tâches quotidiennes et déjeuné avec elle, j'ai décidé de rentrer chez moi, non sans avoir rencontré une vive opposition. Ma sœur Jennifer m'a appelée pour demander si elle pouvait passer dans la soirée. Je ne l'avais plus vue depuis plus d'un mois, mais l'idée d'être une nouvelle fois séparée d'Avalon m'a bouleversée.

- Je ne sais pas ce qui m'arrive, ai-je dit. Tout ce que je peux dire, c'est que je sens qu'Avalon est en danger et que je dois être là pour lui.

- Tu as tellement de pression ces derniers temps. C'est normal que tu t'inquiètes autant pour lui après tout ce qui s'est passé...

- Je préférerais qu'on se voie un autre jour. J'ai vraiment besoin d'être seule avec lui.

- Pas de souci. Je sais combien vous avez besoin l'un de l'autre.

Mon chat et moi avons passé le reste de la journée ensemble. L'après-midi, j'ai rempli ma déclaration d'impôts sous les yeux d'Avalon, installé sur le canapé à côté de moi.

Ce soir-là je me suis couchée tôt. Avec le film *The Unborn* en arrière-fond, j'ai travaillé sur un nouveau thriller surnaturel ayant pour décor un village maudit. Les habitants de la bourgade affrontaient un malheur à chaque fois qu'un chat du coin mourait. Inutile de dire qu'Avalon était appelé à jouer un rôle majeur dans cette histoire.

Alors que je cogitais à ce sujet, Avalon, installé sur le lit, me regardait fixement. Il était tout à fait conscient de mon besoin d'affection, et amplement disposé à le satisfaire. Je n'avais qu'à prononcer son nom ; aussitôt, il se levait et venait frotter sa tête contre mes joues. Son empressement à me donner de l'amour était attendrissant.

C'était ma vie telle qu'elle était censée être – Avalon et moi, et personne d'autre. Cela nous avait cruellement manqué ces dernières semaines.

Plus tard cette nuit-là, Avalon s'est étendu à côté de moi et a glissé son museau sous mon nez. J'aurais aimé arrêter le temps à ce moment précis. J'aurais aimé être Bill Murray dans *Un jour sans fin*, condamné à revivre éternellement la même journée.

Je n'ai pas pu m'empêcher de repenser à cette nuit de 2001 où, dans la rue, Avalon s'était arrêté en me voyant et avait décidé de m'emboîter le pas. Douze ans plus tard, nous étions plus inséparables que jamais. J'ai pensé à son enfance difficile, aux murs qu'il avait lacérés, aux réfrigérateurs qu'il avait pillés, à tous ces repas qu'il avait vomis sur le cochon d'Inde, à ses crises de jalousie qui rendaient tout le monde dingue, mais aussi à nos nombreuses danses corps-à-corps sur la BO d'*Avalon* signée Kenji Kawai, ainsi qu'à tous ces moments de tendresse que nous avions partagés, plus romantiques encore que les plus grands romans d'amour que j'avais lus.

Plongeant mon nez dans son cou, j'ai humé l'odeur de sa fourrure – qui m'évoquait à la fois la senteur fraîche du linge propre et le parfum sucré des petits gâteaux – pour la graver dans ma mémoire.

AVALON

- Tu as l'odeur de l'amour, lui ai-je dit.
Nous nous sommes endormis côte-à-côte, mon bras posé sur son dos.
C'était notre dernière nuit ensemble.

POUR TOUJOURS

Le samedi a commencé on ne peut mieux, avec le long rituel des bisous. A peine ai-je ouvert les yeux qu'Avalon, qui dormait à mes pieds, a remarqué la variation de ma respiration et s'est levé pour me dire bonjour à grands coups de langue et de museau.

J'avais pris l'habitude de lui caresser le dos avant de m'offrir quelques minutes de sommeil supplémentaires, mais depuis que je m'inquiétais pour sa santé je m'obligeais à rester éveillée pour concentrer mon attention sur lui.

Quand je me suis levée, Avalon est resté collé à moi comme du chatterton. A la cuisine, je lui ai préparé une gamelle de croquettes et un bol d'eau fraîche ; mais quand j'ai commencé à remonter le couloir en demandant « Qui veut manger ? »[3], je n'ai pas entendu le « Moi, moi, moi » qu'il me lançait habituellement en guise de réponse. Il m'attendait sur le canapé en pétrissant nerveusement les coussins, comme il avait coutume de le faire quand il avait besoin de moi. Je ne pouvais rester insensible à cette tendre supplique.

J'avais promis à ma grand-mère de la retrouver à midi pour l'aider à régler un problème administratif que j'avais

---

3   En français dans le texte.

délaissé la veille, mais Avalon se montrait si dépendant de moi ce matin-là que je l'ai appelée pour annuler ma visite. Je n'avais qu'une chose en tête : passer du temps avec mon chat que j'avais quelque peu négligé ces derniers temps.

Gilles devait venir dans la soirée pour passer la nuit chez moi. D'ici là j'avais prévu de faire le ménage et quelques courses, de façon à ce que rien ne puisse m'éloigner d'Avalon ensuite.

Alors que je m'apprêtais à sortir, Avalon s'est intercalé entre moi et la porte et s'est mis à hurler comme une sirène. On aurait dit qu'il craignait de ne plus jamais me revoir.

Je me suis agenouillée pour lui caresser la tête.

- Je reviens tout de suite.

Cela n'a pas suffi à le calmer. J'ai déposé un baiser sur sa truffe avant de sortir.

Quand je suis revenu trois-quarts d'heure plus tard, le petit déjeuner d'Avalon tapissait toute ma chambre, y compris les murs. D'habitude, il s'arrangeait pour vomir des quantités raisonnables, à un endroit précis. Jamais sur les murs.

Mon premier réflexe a été de consulter Google pour voir si ces nausées pouvaient être liées à la vague de chaleur qui avait récemment sévi sur la région.

Tandis que je faisais ma petite enquête, assise au salon, Avalon me regardait fixement depuis la chambre à coucher.

- Pourquoi tu ne t'approches pas ? lui ai-je demandé.

Normalement, le son de ma voix suffisait à le faire venir. Mais il n'a pas bougé. Ses yeux restaient obstinément fixés sur moi.

- Tu ne veux pas t'asseoir à côté de moi ? ai-je insisté – en vain.

Les quelques mètres qui nous séparaient l'un de l'autre

AVALON

me semblaient être des kilomètres. J'ai pensé qu'il n'était pas dans son assiette et qu'il tenait à rester dans le secteur le plus frais de l'appartement, près de la fenêtre entrouverte.

Je me suis approchée, m'attendant à ce qu'il vienne à ma rencontre. Au lieu de cela, il a continué à me fixer yeux dans les yeux, comme s'il cherchait des réponses à des questions silencieuses. Quand je me suis accroupie à côté de lui, il a émis un miaulement que je n'avais encore jamais entendu auparavant. Il voulait me dire quelque chose – mais quoi ?

- Qu'est-ce que tu essaies de me dire, mon petit lion ? Tu es malade ? Tu veux que j'appelle le véto ?...

Il m'a répondu par une série de longs miaulements plaintifs. Il restait calme et immobile ; il voulait juste me parler.

Quelque chose dans son attitude me mettait mal à l'aise. Certes, il n'avait fait que vomir et montrer un peu de distance ; rien d'inquiétant à première vue. Mais notre complicité était devenue si puissante que nous pouvions chacun deviner les pensées de l'autre. Et en cette minute, les pensées d'Avalon me commandaient d'appeler le vétérinaire sans tarder.

Connaissant la peur que les vétérinaires lui inspiraient et l'ardeur qu'il mettait d'habitude à me dissuader de le faire examiner, j'ai compris qu'il y avait urgence.

J'ai pris sa tête entre mes mains pour effleurer son front de mes lèvres. Ses yeux se sont doucement fermés tandis qu'il savourait ce baiser.

Je me suis assise sur le lit, à côté de lui, et j'ai appelé la clinique vétérinaire la plus proche. La réceptionniste m'a fait savoir qu'un des vétérinaires serait disponible dans une heure ou deux mais pas avant. Pour l'heure, tout le personnel était occupé. N'ayant pas de voiture, je n'avais pas d'autre choix que d'attendre.

J'ai posé mon téléphone et me suis allongée à côté d'Avalon. Il a posé ses pattes sur mes mains et les a pressées sur ma chair. Quand je bougeais, il me tirait vers lui ; il recherchait manifestement une proximité maximale. J'ai promené ma main libre dans sa douce fourrure et approché mon visage de sa tête. C'est alors que j'ai réalisé qu'il ne contrôlait plus du tout sa production de salive.

Choquée, je me suis redressée pour attraper mon téléphone. Cette fois j'ai appelé ma belle-mère, Dominique, pour lui demander si elle pouvait me conduire à la clinique. Elle a accepté. Entre-temps, Avalon s'était approché de la fenêtre ouverte ; il haletait, manquant clairement d'air.

Je l'ai pris dans mes bras. Du mucus blanc, épais, s'écoulait maintenant de sa petite gueule.

- Tout va bien, mon petit lion. Tant que je suis là, rien ne peut t'arriver. Tu es en sécurité.

Je croyais vraiment que j'avais le pouvoir de le sauver.

Pour une fois, il n'a pas bronché quand je l'ai déposé dans sa cage de transport. Je n'imaginais pas un instant la cause de cette soudaine urgence.

La cage à la main, je suis sortie pour attendre Dominique devant notre immeuble. Elle est arrivée quelques minutes plus tard.

Pendant tout le trajet j'ai gardé la cage sur mes genoux. Quand j'y ai glissé ma main, Avalon s'est blotti contre elle avec l'énergie du désespoir. Je continuais à lui parler d'une voix douce et rassurante.

- Le vétérinaire va te soigner, mon petit lion. Tu seras de retour chez toi avant même de t'en rendre compte.

***

La salle d'attente était pleine à craquer. Des gens de

AVALON

tous âges, les yeux écarquillés, attendaient de connaître le destin de leur animal préféré. Ils nous ont posé les questions habituelles :
- C'est un chat ?
- Il a quel âge ?
- Pourquoi vous êtes ici ?...

Je leur ai exposé la situation en précisant qu'Avalon avait probablement une quinzaine d'années et que j'avais bien l'intention de l'amener au-delà du cap des vingt ans. Entre deux explications, je caressais Avalon en lui répétant calmement qu'il n'avait rien à craindre.

L'état de santé de mon chat se dégradait bien plus rapidement que ne s'écoulaient les minutes, de plus en plus lourdes d'angoisse. Le souffle court, le museau ruisselant de bave, Avalon avait désormais à peine la force de lever la tête.

Quand j'ai demandé une aide urgente, le vétérinaire qui s'est pointé n'a eu besoin que d'un coup d'œil pour comprendre qu'Avalon était en danger de mort.

Sans attendre, on nous a conduits dans la salle d'examen. Le vétérinaire a sorti Avalon de sa cage et l'a déposé sur la table. Il a examiné ses yeux, puis ses muqueuses buccales, et a demandé :
- Il a avalé un produit toxique ?
- Non, je ne crois pas.
- Son abdomen est enflé et ses muqueuses sont irritées. Ce sont des signes classiques d'empoisonnement.
- Je ne vois pas comment il aurait pu s'empoisonner. Il ne quitte jamais mon appartement.

Le vétérinaire a sorti son stéthoscope pour l'ausculter longuement.
- Il a plus de 18 de tension. C'est beaucoup trop pour un chat. On doit d'abord régler ça, sinon son cœur risque de

lâcher sous l'effet du stress. Je vais lui faire une injection. Pouvez-vous l'immobiliser un instant ?...

Avalon était allongé sur la table. Je l'ai entouré de mes bras, moins pour le maîtriser que pour le réconforter. La détestation et l'agressivité que lui inspiraient depuis toujours les vétérinaires semblaient s'être envolées. C'est à peine si un de ses muscles a tressailli.

Le vétérinaire a sorti un flacon d'une grande armoire blanche, près de la porte, et a préparé l'injection. Quand il a enfoncé l'aiguille, Avalon a collé sa tête contre mon ventre et croisé ses pattes avant autour de ma taille. Il se cramponnait à moi de toutes ses forces, cherchant protection comme si sa vie en dépendait. Il comptait sur moi pour l'aider, mais pour la première fois je n'étais pas sûre d'en être capable.

- C'est pour ton bien, mon bébé, lui ai-je dit. Grâce au vétérinaire tu iras mieux bientôt, et tu pourras rentrer à la maison avec moi.

En apparence, j'étais étonnamment calme ; je ne voulais surtout pas perturber Avalon en éclatant en sanglots alors qu'il luttait pour survivre. Cependant, au fond de moi, le feu de l'inquiétude me consumait. Il n'y a rien de pire que de voir l'être que vous aimez souffrir le martyre, s'accrocher à la vie comme il peut et compter sur vous pour le sauver.

- Je peux vous demander de sortir une minute ? a demandé le véto. J'aimerais faire une radio de son thorax. Il se pourrait que ses difficultés respiratoires soient dues à une accumulation d'eau.

Avant de quitter la pièce, j'ai embrassé Avalon dans l'espoir de le rassurer. Quand je suis revenue une petite minute plus tard, les résultats de la radio étaient déjà disponibles.

- Comme je le craignais, a dit le vétérinaire, il y a de l'eau dans son thorax, mais pas suffisamment pour expliquer ses

AVALON

difficultés respiratoires. Il faut chercher ailleurs, mais j'ai peur qu'en procédant à d'autres examens je fasse grimper sa tension. Le mieux, pour l'heure, est de le laisser se reposer dans le caisson à oxygène.
Tandis qu'il préparait le caisson, j'ai pris Avalon dans mes bras. Il m'a paru plus lourd que d'habitude.
- C'est bon, a dit le véto.
J'ai déposé mon chat dans le caisson ; le vétérinaire l'a mis sous perfusion.
L'apport d'oxygène a brusquement réveillé Avalon. Après avoir reçu un coup de griffe, le vétérinaire s'est résolu à lui administrer du valium.
- C'est tout ce que je peux faire pour le moment, a-t-il conclu. Rentrez chez vous, nous vous tiendrons informée de l'évolution de la situation.
- Pas question que je laisse mon chat tout seul ici ! ai-je protesté.
- Il va passer plusieurs heures dans le caisson – peut-être même la journée entière. Vous ne pouvez rien faire, vous ne pouvez même pas le toucher tant qu'il est dans le caisson.
Dominique, qui m'attendait, est intervenue.
- Il vaut mieux rentrer. Nous reviendrons plus tard.
- Rentre si tu veux, ai-je répondu. Moi, je reste.
Aucun argument n'aurait pu me faire changer d'avis.
- Cet après-midi nous avons prévu des visites à domicile, a ajouté le véto. La clinique sera fermée et il n'y aura personne. Vous ne pouvez pas rester.
J'ai imaginé Avalon dans la clinique déserte, livré à lui-même, rempli de terreur et luttant désespérément pour survivre. Vu son état, je n'étais même pas certaine de le revoir vivant si je quittais les lieux.
- Il faut qu'on discute, ai-je rétorqué. Jamais je ne laisserai

mon chat tout seul ici.

Ayant compris que je ne bougerais pas, le vétérinaire a fini par capituler.

Une demi-heure plus tard, Avalon s'accrochait toujours à la vie, une intraveineuse fichée dans une patte. Quand le vétérinaire m'a fait savoir qu'il voulait scanner son cœur, je l'ai extrait du caisson et l'ai serré contre moi pour lui offrir la chaleur de mon corps. Il était apathique et respirait faiblement.

- C'est l'effet du valium, a assuré le véto.

En plaçant Avalon devant le scanner à chat, je lui ai chuchoté à l'oreille :

- Mon petit lion, tu vas devoir te battre pour t'en sortir. S'il te plaît, *s'il te plaît,* reste avec moi et bats-toi, parce que je ne peux pas vivre sans toi. Je suis *incapable* de vivre sans toi...

A peine conscient, il n'a rien pu faire de plus que me jeter un regard vide. Cette fois, malgré mes efforts, je n'ai pas pu retenir mes larmes ; elles ont dévalé mes joues pour s'écraser sur sa tête.

Après avoir scanné le cœur d'Avalon et analysé les résultats, le vétérinaire a appelé un de ses collègues pour avoir son avis. Celui-ci a étudié les scans à son tour, avec une grimace qui de toute évidence n'augurait rien de bon.

- Cette masse noire, ici, c'est son muscle cardiaque, a-t-il dit. Comme vous pouvez le voir, il est énorme. Et cette petite tache, là, c'est ce qui reste de son cœur proprement dit. Il est tellement comprimé par la masse musculaire qu'il n'a plus assez d'espace pour fonctionner. En d'autres termes, votre chat n'a plus assez d'oxygène.

J'ai senti le sang refluer de mon visage. J'ai eu le plus grand mal à avaler ma salive.

- Je dirais qu'il n'a plus que quelques jours à vivre, deux

AVALON

semaines tout au plus, a repris le véto, avant d'ajouter après une pause : Vous pouvez le ramener chez vous, mais sachez qu'il souffrira le martyre en permanence.

J'ai dû faire face à l'implacable réalité de notre condition d'êtres vivants ; réalité que j'avais combattue de toutes mes forces, chaque jour. Avec cette fougueuse détermination qui caractérisait mon amour pour Avalon, je m'étais juré que rien de grave ne lui arriverait jamais, que nous resterions ensemble pour l'éternité. J'avais tout fait pour tenir ma promesse, et pourtant, au bout du compte, j'avais échoué.

Je savais maintenant que cette promesse était par nature impossible à tenir, que je pouvais tout au plus assurer une certaine protection à mon chat mais que je ne pouvais en aucun cas empêcher la vie de me le reprendre. Comme tout le monde, Avalon était vulnérable aux malheurs et infortunes de ce monde. En réalisant tout cela, j'ai pris pleinement conscience du calvaire qu'endurait à présent mon chat et de l'importance de la terrible décision que je devais prendre.

- Je ne veux pas qu'il souffre, ai-je dit.
- Avec le valium il est déjà inconscient, m'a répondu le vétérinaire. Si je l'euthanasie maintenant, il ne se rendra compte de rien.
- Avalon est tout pour elle, a précisé Dominique. Elle n'a que lui.
- Je suis vraiment désolé. Je vais vous laisser seuls un moment pour que vous puissiez vous dire au revoir.

Je me suis penchée sur Avalon pour embrasser son museau, sa tête, son dos, ses pattes. Je lui ai dit combien je l'aimais et à quel point il m'avait rendue heureuse ; je lui ai assuré qu'il était depuis toujours l'amour de ma vie et que je n'échangerais pas le souvenir d'une minute passée avec lui contre quoi que ce soit d'autre.

Bien que ses yeux soient ouverts, il n'a pas réagi. Son regard semblait vide comme s'il avait déjà rejoint l'autre monde – ce qui était probablement le cas d'une certaine façon. Je n'étais pas sûre qu'il m'entendait, mais cela n'avait pas vraiment d'importance dans la mesure où je lui avais déjà dit tout cela tous les jours depuis des années. Il savait ce que je ressentais pour lui.

Au bout d'un moment – dix minutes ? une demi-heure ?... je ne saurais le dire –, Dominique m'a demandé si j'étais prête, si elle pouvait appeler le vétérinaire. Je n'ai pas répondu. Je n'étais pas prête, et ne le serais jamais.

Elle a hésité un instant avant de quitter la pièce.

Moins d'une heure après notre arrivée à la clinique, Avalon a rendu l'âme dans mes bras tandis que je lui disais une nouvelle fois combien je l'aimais. Je crois que sa mort a été douce.

J'ai attendu une minute puis j'ai demandé :
- C'est fini ?
Le véto a hoché la tête.

***

Dans la soirée, j'ai publié ce post sur le blog dédié à Avalon :

Jamais je n'aurais pensé aimer autant un chat. C'est lui qui m'a appris ce qu'est l'amour, qui m'a appris à aimer de façon désintéressée. Notre relation était si fusionnelle que nous ne pouvions vivre l'un sans l'autre plus de quelques heures. Comment suis-je censée vivre le reste de ma vie sans lui ? Je l'ignore. J'ai perdu mon compagnon, mon âme sœur, le grand amour de ma vie. Le lien qui nous unissait transcendait le

AVALON

temps et l'espace, et je suis convaincue qu'il transcendera la mort elle-même. Je t'aimerai toujours, Avalon.

EPILOGUE

Je me suis installée sur le balcon de mon nouvel appartement pour écrire les derniers paragraphes de ce livre. Il fait à peine jour bien qu'il soit 8 heures du matin. Tout est tranquille. Les seuls sons qui me parviennent sont les doux gazouillis matinaux des oiseaux et, de temps en temps, le fracas métallique d'un train qui passe. Le soleil n'a pas encore eu le temps de réchauffer les carreaux sous mes pieds.

L'appartement que j'habite désormais avec Gilles se trouve dans la rue même où Avalon a passé ses premiers mois. Si je porte mon regard au-delà des jardins et des arbres, je peux vaguement apercevoir l'endroit où j'ai rencontré le chat de ma vie. A chaque fois que je me rends au croisement des deux rues, je l'imagine passer sous mes yeux, s'arrêter net comme s'il me reconnaissait, s'approcher pour me dire bonjour et me suivre chez moi pour passer le reste de sa vie en ma compagnie.

Et quelle vie !

En écrivant ce livre, j'ai pris pleinement conscience de l'impact qu'Avalon a eu sur moi – un impact qui a sublimé nos moments d'amour et de gaîté.

Certains pensent que ma relation avec Avalon était

malsaine ; en fait, c'est exactement le contraire. Si lui et moi sommes devenus des êtres émotionnellement stables, c'est précisément parce que je l'avais dans ma vie, et vice-versa. Au moment de notre rencontre, nous étions les pires versions de nous-mêmes. Ce qui nous a rapprochés et liés, c'est ce désir inébranlable d'aimer et d'être aimé de manière inconditionnelle. Ce que nous croyions impossible, nous l'avons trouvé dans notre relation.

Avalon est mort il y a un an jour pour jour, et pourtant il reste ma force motrice. A sa façon, il m'inspirait dans tout ce que je faisais, et d'une certaine manière il m'inspire encore. Son départ pour l'autre monde m'a poussée à voyager beaucoup et à assister à de nombreux festivals de cinéma internationaux, y compris celui de Cannes ; ce que je n'aurais jamais fait auparavant. (Je dois toutefois admettre que, en découvrant l'une des plus belles plages du monde, j'ai éclaté en sanglots parce que la beauté du site n'égalait de loin pas celle du chat que j'avais tant aimé.) Avalon m'a également inspiré le blog *Traveling Cats*, une collection en ligne, aujourd'hui très populaire, de mes photos de voyage mettant en scène des chats. Par ailleurs, il a ranimé mon amitié avec Stephan ; en effet, longtemps après notre rupture, nous nous sommes revus et nous avons pu dire ensemble au revoir à Avalon, ce qui nous a définitivement rapprochés. Enfin, l'écriture de ce livre m'a aidée à saisir les causes de mes doutes et de mes angoisses et à me réconcilier avec mon passé.

Cependant, une petite partie de moi s'est envolée – celle qui voulait plus que tout rendre mon chat heureux et qui m'avait imprégnée de ce sentiment d'appartenance si puissant. Où que soit Avalon aujourd'hui, il a emmené ce petit morceau de moi avec lui.

Quand on adopte un chat à vingt ou vingt-cinq ans, on

AVALON

n'a pas encore une vision claire de la mort. On sait que notre animal préféré va nous quitter un jour, mais que veut dire « un jour » ? Dans quinze ans, vingt ans ?... C'est une éternité quand on est jeune. On s'attend à ce que l'animal qui partage notre quotidien vive éternellement, et c'est pourquoi on s'abandonne complètement à l'amour qu'il nous inspire ; et quand la vie ne prend pas la tournure qu'on avait prévue, cet amour grandit encore car on n'a rien d'autre. Il devient notre monde, notre carte Michelin, notre route, notre boussole. Chacun devient et délimite l'univers de l'autre.

En écrivant cette biographie féline, j'ai souvent rencontré des obstacles. Il m'a été particulièrement difficile d'évoquer mon passé et mes échecs. J'aurais aimé être plus solide, avoir un peu plus la carrure d'une héroïne de film, mais je me devais d'être honnête quant à mes souffrances pour expliquer le lien si intense qui s'est tissé entre ce chat et moi. Les seuls moments où j'assumais un tant soit peu mon passé étaient ceux où je pouvais parler de moi en connexion directe avec Avalon. Bien sûr, c'est dû au fait que les seuls moments où je me trouvais intéressante étaient ceux où je me voyais à travers les yeux d'Avalon.

Par ailleurs, les mots m'ont souvent fait défaut pour décrire à quel point Avalon m'était précieux. C'est un peu comme quand vous parlez d'un film qui vous a profondément touché ou d'un voyage qui a changé votre vie : rien de ce que vous pouvez dire n'exprimera jamais exactement ce que vous avez ressenti. J'ai dû accepter cela. Même si j'ai fait de mon mieux pour dépeindre Avalon tel qu'il était, je suis incapable de lui rendre justice. L'ineffable ne peut être dit.

Craignant que cette histoire d'amour si particulière ne refroidisse mes lecteurs, Gilles m'a conseillé d'affadir quelque peu mon lien fusionnel avec Avalon. Mais je ne pouvais en aucun cas atténuer cette folle intensité, cette fascination mutuelle qui coloraient notre relation et la rendaient si pure et si tendre. Je me devais de décrire cet amour tel qu'il était, ne serait-ce que par respect pour Avalon. Après tout, j'ai écrit ce livre pour honorer sa personnalité hors du commun. Avalon mérite bien plus qu'une vie, et j'espère que ce récit lui garantira une sorte d'éternité.

J'ai commencé la rédaction de ce livre avec l'espoir que plus de gens le liraient, plus longtemps l'esprit d'Avalon survivrait. A présent qu'il est terminé, je réalise que je voulais avant tout revivre nos quinze années de vie commune. Peu importe qu'un million de personnes tombent amoureuses d'Avalon : leur émerveillement cumulé n'égalera jamais le mien.

Je voulais immortaliser Avalon, le rendre important aux yeux du monde, mais la vérité est que nous étions chacun le monde de l'autre. Je ne saurais dire à quel point je suis reconnaissante pour ce petit bout d'éternité qui nous a ainsi été accordé.

Printed by Amazon Italia Logistica S.r.l.
Torrazza Piemonte (TO), Italy